KB009460

잘 살고 싶어서 그래

잘 살고 싶어서 그래

젬이

채륜서

프롤로그

내겐 생각이 꼬리에 꼬리를 물고 이어져서 결국엔 잠에 들지 못한 날이 아주 많았다.

그런 날은 일기를 썼다. 머릿속에 가득 찬 생각들을 글을 통해 뱉어 냈다. 어떠한 거짓말도 꾸밈도 없이 솔직하게 써 내려갔다. 정말 이상하게도 아무런 계획 없이 써 내려간 그 글은 꽤나 괜찮은 결론을 내며 마무리됐다. 다 쓴 글을 한 번 읽고 일기장을 덮었다. 꽤나 괜찮은 결론을 냈기 때문에 했던 생각을 또 하지 않아도 됐다. 그러면 나는 잠에 들 수 있었다.

글을 쓰는 일은 내가 나를 위로하는 가장 쉬운 방법이다. 나를 되돌아보는 과정이며 더 나은 인간이 될 수 있도록 성찰할 수 있게 하는 수단이다. 생각으로 가득 찬 상태가 싫어 쓰고 또 쓰고 썼던 것이 습관이 되고, 기록이 되어 블로그에, 인스타그램에 잔뜩 쌓였다. 이 책은 그 보잘것없는 글을 모아서 만들었다. 스무 살의 나, 스물한 살, 둘, 셋, 넷, 다섯 그리고 여섯의 내가 모두 담겨 있다.

나는 늘 고민했다. 잘 살고 싶어서 고민했고, 좋은 사람이 되고 싶었고, 좋은 사람을 곁에 두고 싶었다. 하고 싶은 일을 하며 살고 싶었고, 내가 어떤 사람인지 알고 싶었다. 나를 있는 그대로 사랑해 줄 사람을 찾아다녔고, 어딘가 공허하고 외로운 이 감정을 해결할 수 있는 가장 확실한 방법을 강구했다. 이 책에는 그 모든 생각의 과정이 담겨 있다. 가장 솔직하게 쓰여졌으며, 내가 쓸 수 있는 가장 날것의 책이 될 것 같다. 10년 뒤 (내가 또 책을 쓰게 될지는 모르는 일이지만)에는 절대 쓰지 못할, 날것의 생각과 감정이 담겨 있다. 빈말을 하지 못하고, 솔직한 것이 최고라고 믿고, 거짓말을 제일 싫어하는 내가, 진심으로 글을 써 내려갔다.

나는 자기 자신을 알아 가기 위해 노력하는 사람들은 잘 살 수밖에 없다고 믿고 있다. 그리고 이 책은 그런 내용만을 담고 있으니까, 결국 이 책을 읽는 모든 사람들은 잘될 거라고 생각한다.

모두가 자신만의 방식으로 잘 살기를 바란다.

진심으로.

차 례

2장 우리에게는 온기가 필요해

3장 나를 채워 가는 법도 알아야 해

1장

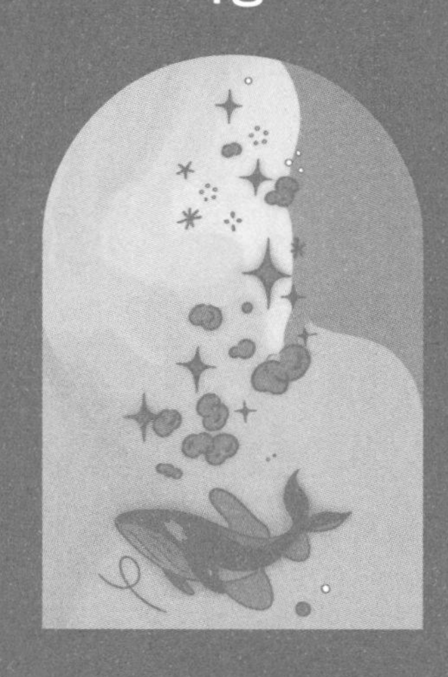

흔들리는 마음도
들여다봐야 해

잘 살고 싶어서 그래

유난히 잠이 오지 않던, 생각이 많다 못해 잡아먹혀 버리는 그런 날들이 있었다. 잠에 들고 싶어 눈을 감으면 미뤄 뒀던 온갖 생각들이 밀려왔다. 밀려든 생각들에 일일이 해답을 찾아 주느라 밤을 지새우기도 했다. 머리를 꽉 채운 그 많은 생각들은 어떠한 결론이 날 때까지 사라지지 않았으며, 내 머릿속을 맴돌며 나를 괴롭게 했다. 하루는 세상에 나 혼자 남겨진 것만 같은 외로움 때문에, 하루는 세상에 내가 들어설 자리가 없는 것 같다는 생각에, 또 하루는 내가 잘 살고 있는 건지 확신이 들지 않아서. 그렇게 생각에 잠겨 밤을 지새운 그런 날이 있었다.

20대 초반을 지나 중반에 접어든 나와 내 친구들이 늘 하는 이야기가 있다. 우리 또래 친구 중에 불안하지 않은 사람이 없다는 것이다. 우리는 늘 '뭐 해 먹고 살지' 하고 고민하지만 그 누구도 뚜렷한 답을 알고 있지 않았다. 우리는 누군가 답을 찾아 주길 바라며, 미래에 관해 얘기했다. 하고 싶은 일에 관해 이야기했다. 주고받는 대화 속에서 답을 찾기를 기대하며 칙칙한 분위기 속에 대화를 이어 가곤 했다.

우리는 확인받고 싶었다. 우리가 가고 있는 이 길이 옳은 선택이라는 것을. 자신의 이야기를 털어놓으며 그래도 넌 잘하고 있는 거라는 이야기를 듣고 싶어 했다. 우리에게 필요한 것은 확신이었다. 하지만 우리 중 누구도 답을 찾지 못했고 답을 찾지 못한 우리는 더욱 불안해졌다. 우리는 누구보다 잘 살고 싶었다. 잘 살고 싶었기 때문에 불안했다. 어차피 일을 해야 한다면 좋아하는 일을 하면서 돈을 벌고 싶었다. 하지만 좋아하는 일도, 하고 싶은 일도 없다면 어떻게 해야 할까.

처음부터 이런 것은 아니었다. 관심사가 얕고 넓었던 나는 세상이 늘 재밌는 것으로 가득 찼다고 생각했다. 그러나 그 작은 관심을 키워 막상 뛰어들고 나면 일이 생각보다 커지고, 커진 만큼 어렵고 힘들어져서 하기 싫어졌다. 재미를 잃은 지 오래지만, 맡은 바에 대한 책임은 다 해야 하고, 잘해야겠다는 부담감만 생겨서 결국 그 일에 대한 애정을 잃어버린 것이다. 친구들에게는 장난처럼 나는 소거법으로 진로를 찾고 있는 중이라고 말하긴 했지만, 새로운 것을 해 볼수록 자꾸만 하고 싶은 일이 사라지는 통에 불안감만 더 커졌다.

'나 사실은 정말 잘 살고 싶어. 내가 좋아하는 일, 하고 싶은 일을 직업으로 삼고 싶어. 그게 뭔지는 모르겠지만 그러고 싶어. 즐겁게 일하고 싶어. 나 정말 잘 살아 보고 싶단 말이야. 그런데 어떻게 해야 할지 모르겠어. 누가 방법을 알려 주는 것도 아니고 그걸 온전히 내가 찾아가야 한다는 사실이 너무 힘들어!!'

이게 내 본심이었다. 좋아하는 일을 찾고 싶다. 좋아하는 일을 하며 잘 살고 싶다. 새벽 내내 나의 잠을 방해하며 삶의 질을 떨어트리는 이 많은 생각들의 원인이 역설적으로 내가 잘 살고 싶다는 생각 때문이었다니. 하지만 해 보기 전에는 알 수 없는 것들이 있다. 그렇기 때문에 잘 살고 싶다면, 더더욱 많이 경험해 봐야 한다. 그게 무엇이든.

몰입이 필요해!

돌이켜 생각하면 생각에 잠겨 잠 못 이루던 시기의 나에게는 몰입할 수 있는 대상이 없었다. 분명 하루를 꽉 채워서 살고 있는 것 같은데 어딘가 자꾸만 헛헛한 느낌이 들었다. 당시 나는 평일엔 10시부터 19시까지 인턴 근무를 했는데, 일이 어려운 것은 아니었지만, 반복적인 업무 프로세스가 나를 지치게 했다. 내가 하는 일은 누구나 할 수 있는 일이라는 생각이 들어 괴로웠다. 회사에서 나는 대체 가능한 인력이었다. 6개월 후면 사라질 사람, 나와 비슷한 혹은 나보다 뛰어난 누군가 내 자리를 대신할 테니 그다지 중요한 사람이 될 수 없었다.

퇴근 후에는 집에 와서 밥을 먹고 침대에 누워서 의미

없이 시간을 죽였다. 끝없이 내려가는 스크롤과 손가락질 몇 번으로 두세 시간이 순식간에 사라지곤 했다. 그렇게 잘 시간이 되면 잠에 들었고 그게 매일 반복되었다. 그때의 내 일상을 돌이켜 보면, 평일에는 일을 하고 주말에는 친구를 만나고 종종 헬스장에 갔다.

이게 다야. 앞으로도 쭉. 이런 생각으로 인해 나는 무력해졌다. 앞으로의 인생이 기대되지 않았기에. 그나마 친구들을 만나는 날에는 이런 생각이 덜해서 약속을 미친 듯이 잡은 적도 있었다. 친구들을 만나지 않고 혼자 있을 때면, 마음이 텅 비어 버린 나를 마주하게 되고 그게 미친듯이 싫어서.

헛헛한 마음을 다잡기 위해 하루는 날을 잡고 좋아하는 영화 세 편을 연속으로 보았다. 익숙한 로그라인, 배우들의 연기, 예상되는 전개가 마음을 편안하게 만들어 준다. 그래도 마음이 나아지지 않아 동생과 닌텐도 스위치 게임을 했다. 시끄럽게 뿅뿅거리는 화면을 뚫어져라 쳐다보며 스위치 기기를 연타하는 나와 동생. 게임에 몰입한 그 순간만큼은 어떠한 생각도 들지 않는다. 그저 게임에서 이겨야겠다는 생각뿐.

그때 나는 내게 부족한 것이 몰입이라는 사실을 깨달았다. 잘 살기 위해서는 몰입할 대상이 필요하다는 것이다. 의미 없이 시간을 보내는 일을 줄이고 진짜 내가 좋아하는 것을 찾아보자. 좋아하는 것을 더 열심히 해야지.

꿈은 없고요. 그냥 행복할래요

하루는 내 일상이 제대로 굴러가지 않는 것 같다고 생각했다. 대학 졸업을 눈앞에 둔 나는 대학생에서 취준생, 취준생에서 사회초년생으로 넘어가는 이 시기에 궁극적으로 내가 원하는 것이 없다는 사실을 마주했다.

한마디로 말하면 꿈이 없다는 것이다.

R=VD, 생생하게 꿈꾸면 이뤄진다는 공식에 대한 이야기를 귀에 못이 박히도록 들으며 학창 시절을 보낸 나는 꿈이 없으면 정말 큰일이 나는 줄 알았다. 세상은 꿈이 있는 사람들을 좋아한다. 목표를 가지고 꿈을 위해 노력하는 사람들을 자꾸자꾸 보여 준다. 나도 그런 사람들처럼 꿈을 가지고 그것을 이루기 위해 죽어라 하고 노력

해야 할 것만 같았다. 하지만 시간이 갈수록 목표가 분명하고 꿈이 확실한 사람에서 멀어지고 있는 기분이 들었다. 내가 하고 싶다고 '믿었던' 일들은 해 볼수록 흐릿해졌기 때문이다.

한때는 마케터가 되고 싶었다. 전공 공부와 밀접한 관련이 있기도 하고, 안전하다고 생각했기 때문이다. 전공 수업도 듣고, 관련 학회에도 들어가 마케팅을 공부했지만, 생각보다 적성에 맞지 않아 방향성을 틀기 시작했다. 그 후, 영상 콘텐츠에 관심이 생겨 웹드라마, 다큐멘터리, 단편 영화 등의 제작에 참여했다. 하지만 영상 일을 할수록, 내가 가진 영상에 대한 열정이 대단한 게 아니라는 것을 확인하게 되었다. 글 쓰는 일을 하고 싶었던 적도 있었다. 꾸준히 블로그에 글을 써서 올렸고 인스타툰을 그려서 올렸다. 하지만 만화를 그릴수록, 글을 쓸수록 나의 부족한 점이 자꾸 보여 자신감이 없어졌다. 세상에 나보다 글 잘 쓰는 사람들은 수두룩 빽빽할 테고, 내 글을 원하는 사람은 나밖에 없다고 생각했다.

작은 관심을 조금씩 키워 여러 경험을 해 봤지만, 그 안에서 나는 자꾸 더 작아졌다. 다양한 경험을 해 봤다고 자부할 수 있으나, 그것을 직업으로 삼아 돈을 벌 수 있을 거라는 생각이 들지 않았다. 어쩌면 내가 하고 싶은 일을 하며 살고 싶다는 것은 조금은 욕심일지도 모르겠다. 내가 자꾸 변하니까 하고 싶은 일도 자꾸 바뀐다. 나의 이런 성향을 고려하면, 나에게 딱 맞는 단 하나의 직업을 찾아, 그 꿈을 이루기 위해 노력하는, 미디어에서 보여 주는 그런 성공담은 불가능한 것 아닐까. 꿈을 찾는 일 자체를 포기하는 것이 좋지 않을까. 그런 생각을 하게 됐다.

일은 그냥 내가 할 수 있는 일 찾아서 하고, 그냥 가끔 내가 좋아하는 거 하면서 내 시간을 나로 채우면 그것도 좋은 목표가 될 수 있겠다고 생각했다. 여행도 가고 영화도 보고 공연도 보고 그냥 그렇게. 그러면 되는 거라고. 현실과 타협하고 꿈을 찾는 것을 포기하는 것 같아 어쩐지 슬펐지만….

사실 말은 이렇게 해도 알고 있다. 어떻게든 내 자리를 찾을 거라는 것을.

하지만 지금은 그게 어딘지 모르겠으니까, 했던 생각을 또 하고 또 하면서 잠시 징징거리는 거다.

나중엔 이 글을 보며 스스로를 귀여워할지도 모르지. 이렇게까지 심각하게 고민하지 않아도 되는데 하면서. 과거에 내가 했던 고민들이 지금은 별거 아닌 것처럼. 본격적으로 취업 준비를 하게 되면 조급하고 걱정되겠지만 그것조차 즐겨 보면 어떨까. 지금만 느낄 수 있는 감정이라면, 그 감정에 충실해 보는 것도 괜찮을 거야.

불안하면 불안해할게.
걱정되면 걱정하고 싶어.
기쁘면 기쁘고
슬프면 슬퍼하자.

그리고
행복하면 행복해지자.

지금처럼 쭉.

감정에 충실하게, 솔직하게 순간을 즐기자.

지금 당장에만 느낄 수 있는 순간들이니.

인생과 권태기

인생 노잼 시기가 왔다.

매일매일이 똑같아. 취업을 해도 똑같겠지. 취업을 하지 않은 상태에서는 불안함을 느끼고 취업을 한 상태에서는 노잼 시기가 온다. 인생이 마치 고통받기 위해 설계된 것 같아. 미래가 기대되지 않아.

그럼 나는 도대체 앞으로 어떻게 살아야 하지.

열심히 살지 않았다고 하면 거짓말이겠지만 그렇다고 해서 눈에 띄는 멋진 성과가 있는 것도 아니다. 내 청춘을 바쳐 이루고 싶은 꿈도 없다. 그저 매일매일의 소소한 행복을 누리며 살아가고 싶을 뿐이다. 일확천금의 꿈도, 명

예도 원하지 않는다. 나를 키워 주신 부모님에게 보답할 수 있고, 내 삶을 안정적으로 이어 갈 수 있을 정도. 딱 그 정도만 되면 좋겠는데. 더 큰 것을 바라며 살아야 할 것 같다. 목표하는 기업이 있어야 할 것 같고, 눈에 보이는 성과가 있어야 할 것 같다. 어떠한 꿈과 야망을 가지고 살아야 할 것 같은 기분이 든다. 하고 싶은 일이 직업이 되면 불안하지 않을 줄 알아서 그 일을 찾기 위해 다양한 일을 참 열심히도 했지만 결국 찾지 못했다.

사실은 한 가지 일을 평생 하고 살 자신이 없다. 취업을 하면 평생을 일하게 되겠지. 새삼 30년 내내 회사에 다니며 그걸 해낸 아빠가 존경스럽다. 하고 싶은 일이 있는 것도 아닌데 자꾸만 뭐가 있는 척하며 구직활동에 전념해야 하는 이 취준생의 하루하루가 싫은 걸지도 모르겠다.

한편으론 이런 생각이 들었다.

'나 사실은 되게 안정적이고 살 만해서 노잼 시기가 온 것 아닐까?'

돌이켜 보면 내 인생이 재밌게 느껴지는 순간들은 많

지 않았다. 대부분의 시간들이 불안감이나 하기 싫은 마음으로 채워져 있었다. 인생의 디폴트값이 재미없는 것이라면 인생 노잼 시기는 가장 안정적인 상태일지도 모르겠다. 인생이 재미가 없다는 것은 그만큼 안정적인 하루하루가 반복되고 있다는 뜻일 테니까.

조만간 나는 불안해질 것이다. 이루고 싶은 꿈이 없어 불안할 것이고, 꿈이 생긴다면 그 꿈을 이룰 수 있다는 확신이 부족해서 불안할 것이다. 취업에 성공하게 되면 회사에 대한 안정성을 의심하며 불안해질 것이고, 취업을 실패한다면 그건 그거대로 불안하겠지. 어딘가 내 자리가 있을 거라며 스스로를 다독이면서도 취업한 친구들을 보며 불안해할 것이다. 하지만 어차피 인생은 불안과 노잼의 연속이다. 그 사이사이 존재할 재밌는 이야기들을 위해 그저 충실하게 살아가는 게 정답일 것이다. 그럼 이 재미없는 시기를 내가 좋아하는 거 하면서, 내가 어떤 사람인지 알아 가는 시간을 가지면서 유잼 시기로 만들어 봐야지.

번아웃

우리는 번아웃에 걸리기 쉬운 세상에서 살아가고 있는 것 같다.

열심히 살고 또 열심히 살아도 나보다 더 열심히 사는 사람이 있고 해야 할 일은 자꾸 자꾸 생긴다. 난 단기적인 목표를 이루고 나면 꼭 번아웃이 온다. 뭔가를 성취하고 나면 아무것도 하기 싫어진다. 한때는 아무것도 하지 않는 내가 한심해서 번아웃이 온 채로 우울해하며 시간을 낭비했다. 불편한 마음을 가지고 쉬는 것도 아니고 그렇다고 생산적인 무언가를 하지도 않았다. 시간 낭비를 했다는 생각이 또다시 나를 괴롭게 했고 자기 혐오로 번질 때도 있었다.

몇 번의 번아웃을 겪은 후, 나름의 해결법을 찾아냈는데 그건 바로 정말 아무것도 하지 않는 것이다.

정말 아무것도 하지 않아야 한다. 그게 포인트다. 이 방법이 나에게 잘 통하는 이유는, 아무것도 하지 않으면서 몸도 마음도 푹 쉴 수 있고, 내 성격상 정말로 아무것도 하지 않다 보면 몸이 근질거려서 뭐든 하게 된다.

대학교 4학년을 앞두고 번아웃이 찾아왔을 때, 아무것도 하지 않으며 시간을 보내다가 뜬금없이 '글쓰기 챌린지'에 참여한 적이 있다. 글쓰기를 제대로 배워 보고 싶다는 생각에 충동적으로 참여한 것이다. 그리고 그 글쓰기 챌린지의 연장선으로 인스타툰을 시작했고, 블로그도 쓰고 지금은 에세이를 쓰고 있다.

아무것도 하지 않는 날들을 보내지 않았으면 글쓰기 챌린지에 참여할 생각도 하지 않았겠지. 그저 스펙을 위한 활동들을 찾아 했을 것이다. 진짜로 원하는 것에 대해 생각해 볼 시간이 없었을 거야. 그때 나는 아무것도 하지 않겠다고 선언했지만, 실은 나 자신에 대해 생각하고 있었다. 내가 좋아하는 것을 생각하고, 내가 잘하는 것을 생각했다. 그리고 기회가 왔을 때, 놓치지 않고 나서서 뭐든 해 보는 것이다. 새로운 경험은 나를 만드는 일이라는 것을 알고 있으니까.

그렇게 생각하면 번아웃이 결코 부정적인 것이 아니다. 일종의 휴게소와 같은 역할을 한다. 지쳤을 때 잠시 쉬는 건 잘못된 게 아니니까.

사람 일은 모르는 거다

사람 일은 정말 모른다. 알고 있지만 매 순간 다시금 체감하며 살고 있다. 없으면 죽을 것 같았던 사랑이 없어져도 나는 무너지지 않았다. 둘도 없는 절친과 하루 아침에 어색해질 수 있고 불편했던 사람과 절친이 되는 날도 왔다. 나와 맞지 않을 거라 어림짐작하여 가까이하지 않았던 사람은 아주 작은 계기로 마음을 열어 친구가 되었다. 롤링페이퍼에 초등학교 동창이 장난스럽게 써 준 말 "한국의 J.K. 롤링이 되어 작가의 꿈을 이루렴."은 실제로 이뤄지기도 했다. 여전히 그 작가라는 호칭이 쑥스럽고 어색하지만 한편으로는 신기하다. 사람 일은 정말 모르는 거다.

마음을 닫고 사는 것은 위험한 일이다. 최근 몇 년간 남에게 흔들리지 않고 싶어서, 변하는 것이 싫어서, 내 인생의 위험 요소들을 전부 제거하고 싶다는 생각으로 마음을 닫고 살았다. 방어적인 태도로 사람들을 대했다. 마음가짐에 따라 얻어 가는 것이 다른 줄도 모르고.

1년 반 정도 활동했던 영상 동아리가 있다. 학교를 위한 영상을 제작하기도 하고 웹드라마나 예능, 다큐멘터리 혹은 단편 영화 등을 자유롭게 제작할 수 있는 동아리다. 영상에 관심이 있고 영상을 만들고 싶어 하는 사람들이 모여 영상을 제작한다. 방송국과 관련된 일을 하고 싶다는 작은 꿈과 영상에 대한 관심으로 동아리 활동을 했다.

영상 동아리와 그 외의 대외활동, 학교 수업 등을 병행하는 일은 쉽지 않았고 모든 것에 100의 노력을 다할 수 없겠다는 생각에 애정이나 관심을 적당히 분배했다. 모든 일을 잘 해내야 한다는 부담감, 취업에 대한 생각정리를 끝내야 한다는 조급함이 있었고 그만큼 사람들에게 관심을 쏟지 않기를 선택했다. 일은 내가 맡은 것만, 딱 그만큼만. 사람들과의 친목은 필요한 만큼만 했다. 그만두고 싶다는 생각도 자주 했다. 사소한 관심으로 일을 크게 벌였다는 생각이 들어 괴로웠다. 영상을 진로로 선택하지 않을 것이라면 그 시간에 다른 인턴, 혹은 학회를 했어야 한다고 스스로를 자책했다.

마음이 힘들어졌고 그걸 티를 내자니 어린 아이 같아져서 그런 내가 더 싫었다. 그러던 중, 나와 비슷한 마음을 가진 동아리 친구들이 보였다. 모두가 조금씩 힘들었다. 엇비슷한 마음으로 책임을 다하고 있었다. 다들 자신의 위치에서 자신이 할 수 있는 것들을 하고 있을 뿐이었다. 영상이 좋았으니까. 그런 동아리 사람들을 보며 꾸역꾸역 버텨 냈고, 친구인 혜원과 함께 졸업작품을 완성하여 동아리를 성공적으로(?) 졸업했다.

난 사실 어떤 일이든 최선을 다하지 않는 편이다. 뭐든 적당히, 대신 여러 가지 일을 동시에 한다. 특출나게 잘하는 게 없다. 대부분의 것을 어느 정도 해낼 수 있지만 그 뿐이다. 남들보다 눈에 띄게 잘하는 것이 없다. 그렇게 스스로에 대한 자신감이 없어 여태 제대로 된 내 영상 하나

만들지 못했다. 동아리 활동 내내 불평불만도 많았고, 자주 우울했고, 머릿속은 늘 복잡했다. 그리고 반쯤 포기한 내 자신이 부끄러워 영상이 싫은 척했다. 하지만 영상 동아리를 통해 내가 진짜로 얻은 건 사람들이었다. 누군가로부터 받은 큰 상처를 이유로 사람들을 전부 미워했었는데 그걸 치유할 수 있었던 계기가 됐다. 초라해지기 싫어서 지레 겁먹고 '나 원래 안 좋아했어! 나 열심히 안 했어!' 하고 소리치게 되는 나의 방어기제도 확인했다. 하지만 실은 나 열심히 했나 봐. 누군가 내게 말했던 것처럼, 스스로에 대한 기준이 너무 높아서 열심히 했음에도 불구하고 열심히 했다고 생각을 안 하고 있었던 걸지도? 실은 많이 좋아했고 열심히 했어!

그만두고 싶었던 영상 동아리는 결국 나를 울렸다. 떠나려니 아쉬운 것만 보였다. 사람 일은 정말 모른다. 그렇기에, 가능성을 열어 두고 할 수 있는 것을 열심히 하는 편이 좋다. 후회하긴 싫으니까.

기대하며 살고 싶다

무언가 시작될 때, 기대를 깎아 놓는 버릇이 있다. 바라던 일이 이루어지길 누구보다 원하고 있으면서 마음속 깊은 곳에서는 안 될 거라고 결론 내린다. 그렇게 해야만 일이 잘못됐을 때 상처받지 않을 테니까.

'기대하지 마. 바라는 대로 이뤄지지 않아.'

미래를 기대하지 않고, 사람에게 기대하지 않는다. 면접을 보고 나서도 불합격을 예상하고, 여행에서는 계획이 틀어질 것이라고 어림짐작한다. 기대한 만큼 실망도 커질 거라고 지레 겁먹고 도망치는 것이다.

하지만 그렇게 기대하지 않고 살아가는 것 자체가 거대

한 모순이라는 것을 알아야 한다. 죽음이라는 끝이 있다는 것을 알면서도 열심히 살아가고 있는 (혹은 가야만 하는) 인간의 삶 자체가 모순이기 때문이다. 인생에는 끝이 있다. 그럼에도 불구하고 우리는 하루하루 열심히 살아간다. 비슷한 하루하루를 반복적으로 살아간다. 죽음이라는 끝이 있는 것을 알면서도.

어차피 끝이 있을 거라면, 그래도 한번 태어난 인생이라면 열심히 살아가는 것처럼 우리는 기대하고 살아야 한다. 실패할 것을 알면서도 기대하며 살아가야 한다. 언젠가 읽었던 칼럼에서 기대는 죄가 아니라고 했다.

'이번 학기의 학점이 개판이었대도, 내일 보기로 한 영화는 재밌을 수 있기 때문'이란다. 살면서 더 많은 실패를 경험할 것이다. 기대한 대로 흘러가는 법이 없을지도 모른다. 하지만 그 안에서 배우는 것이 있으면 되는 거다. 기대하고 실망하고 상처받아도 괜찮다. 다음날 좋은 일이 또 있을 테니까.

그 글을 읽으며 기대를 깎는 습관을 본격적으로 고쳐야겠다고 마음먹었다. 그리고 블로그를 열었다.

[기대되는 것]

- 소개팅
- 내일 있을 책 미팅
- 홍콩여행
- 스키장

[내가 원하는 것]

- 내가 하고 싶은 일을 찾고 그쪽으로 나아가는 것
- 우리 가족이 아프지 않고 지금처럼만 행복하게 사는 것

[불안한 것]

- 취업 실패
- 인적성 못 뚫는 것
- 사실은 내가 별 볼일 없는 인간이라는 걸 자각 당하는 것
- 외로움에 지는 것

그렇게 내가 기대되는 것, 원하는 것, 불안한 것을 마주해 보았다. 내가 기대하는 것들은 잔잔한 일상을 조금은

특별하게 만들어 주는 사소한 것들이었다. 내가 원하는 것은 길게 길게 보며 앞으로를 그려 나가야 하는 것들이었고, 불안한 것은 그것이 빨리 오지 않았을 때 생기는 것이었다. 결국엔 순간에 집중하면 되는 것이었다.

그뿐이다.

기대한 것이 이뤄지지 않았을 때, 돌아올 실망은 그렇게까지 크지 않았다. 원하는 미래를 그리고, 불안을 마주하고 그렇게 자꾸 앞으로 나아가야겠다고 생각했다. 그렇게 할 수 있는 것을 하다 보면 내가 기대하던 미래가 올 거라고 믿으니까.

어른이 되어 간다는 건 어떤 걸까?

생각해 보면 난 진짜 애 같다. 어른이 되기엔 아직도 멀었다. 스물여섯이나 됐는데 자신이 없다. 멋진 어른이 되고 싶다고 간헐적으로 외칠 뿐, 진짜 멋진 어른이 되기까지 한참 멀었다. 시간은 계속 흐르고 있는데도. 작은 일에도 감정소모가 심한 편이라서 업다운이 심하고 스트레스도 많이 받았다. 그걸 단점이라고 생각하며 스스로를 미워한 적도 있었는데, 장점이 될 수 있다는 걸 알았다.

"그건 감정에 솔직한 거야. 나쁜 게 아니야."

"행복할 때 제대로 행복할 줄 아는 사람이라 보기 좋아."

감정에 솔직한 것은 나쁜 것이 아니다. 행복할 때 제대로 행복할 줄 아는 사람이라 보기 좋다. 그러고 보면 난 인생의 희로애락을 누구보다 즐기고 있는 사람 아닌가? 감정에 솔직한 건 진짜 장점인가 보다. 하지만 나이가 들수록 느끼는 감정의 폭이 줄어들고 있다는 건 확실히 느껴진다. 무뎌지고 있는 걸까.

어른이 되어 가는 것. 그건 어쩌면 어떤 선택을 하고 그 선택에 따라오는 결과를 책임지는 것이 아닐까 하고 생각한다.

2년 반 동안 만난 남자친구와 이별 후 마음이 힘들어졌을 때, 내가 선택한 사랑, 그냥 견뎌, 우린 최선을 다했어. 이별은 아픈 게 당연한 거라고 생각하며 넘어갔던 기억이 있다. 가고 싶었던 회사의 면접을 완벽하게 말아먹은 후, 내가 아직 준비가 안 됐다는 것도 받아들였다. 그만큼 회사에 대해 준비하지 않았고, 면접 대비에 소홀했던 것이다. 배운 것이 있으면 되었다. 내가 선택한 것, 내가 저지른 일, 그 모든 것을 받아들이고 다음에 어떻게 해야 할지 생각하는 거. 일단은 그걸 하기로 했다.

그렇게 생각하면 선택에 대한 부담감이 생기기 마련이다. 하지만 그래도 해야 한다. 그것도 어른의 자세니까. 뭐가 또 잘못되면 어때. 그때 가서 또 선택할 일이 생길 거고 그럼 그때 더 좋은 선택을 하면 된다. 뒤는 돌아보지 말자. 그 선택들이 쌓여 지금의 나를 만든 거고 어차피 돌아갈 수 있는 것도 아니니까.

고민한다고 해서
해결되는 것은 아니다

요즘 내 머릿속을 가득 채운 고민들은 다음과 같다.

- 인간 본연의 외로움(중2병아님)
- 뭐 해 먹고 살지
- 심심함
- 혼자 있고 싶은데 혼자 있기 싫다
- 하고 싶은 걸 찾고 싶은데 하고 싶은 게 없다
- 인생에 방향성이 없다

이 모든 생각들이 동시다발적으로 머릿속에 꽂혀 있다.

그래서 밤에 잠을 잘 못 자고 있고 스트레스를 받고 있고 볼에 여드름이 났다(응?). 알아주는 사람 없어도 된다고 생각하고 있지만 이렇게 또 글을 쓰게 되는 건 결국 누군가가 알아주길 바라기 때문이다. 세상 쿨한 척하지만 절대로 쿨해질 수 없다. 누구보다 씩씩한 척하지만 사실 외로움에 가장 취약하다. 누군가에게 어떠한 말을 듣고 싶어서 이런 글을 쓰는 것이 아니다. 그냥 이런 생각들이 머리를 빙빙 돌면서 잠 못 자게 만드는 게 괴로워서 털어놓는 것이다. 하지만 정답이 없는 고민이기에, 누군가에게 털어놓고 가벼워질 수도 없는 것이다.

자자 그럼 요새 내가 하는 생각들을 다 정리했으니, 해결법을 찾아보겠습니다.

- 인간 본연의 외로움(중2병아님 ㅜ ㅜ)

↳ 없어요. 해결법. 걍 안고 살아라. 받아들이셈. 인간은 원래 조금씩 다 외로운 거임. 나를 이해해 주는 사람? 그건 나밖에 없음. 나를 구원하는 것은 오직 나다.

- 뭐 해 먹고 살지

  ↳ 공채 뜨면 생각하자

- 심심함

  ↳ 애니나 보자

- 혼자 있고 싶은데 혼자 있기 싫다

  ↳ 정신차려라

- 하고 싶은 걸 찾고 싶은데 하고 싶은 게 없다

  ↳ 그럼 가만히 있자 그냥

- 인생에 방향성이 없다

  ↳ 당장 찾아야 할 이유 있나? 찾아지겠지 뭐

어라? 제 고민들이 모두 공중분해 됐어요.

고민한다고 해서 해결되지 않는다면 이런 방법을 통해 생각을 멈추는 것이 좋다. 잡생각이 도움이 되기도 하지만 대부분의 경우, 머리만 복잡해지기 때문이다.

인생을 가볍게 사는 법을 배우고 싶다

남들보다 인생을 무겁게 살고 있다. 모든 것에 의미를 부여하며 살고 있다. 스쳐 지나간 모든 것을 곱씹어 생각하고 그것이 내게 준 영향에 대해 자주 생각한다. 어떻게 살아야 할 것인가 고민하고 어떤 사람이 되고 싶은지 생각한다. 인생에서 겪는 모든 일, 보고 듣는 것, 마주치는 사람들을 통해 자꾸 어떤 깨달음을 얻으려고 한다. 다소 강박적으로. 가끔은 좀 흘려보내도 괜찮을 텐데. 스스로 납득이 될 때까지 곱씹는 것이다. 내가 조금 더 단순한 인간이었다면 매 순간을 좀 더 가볍게, 편안하게 그리고 행복하게 살 수 있을 텐데.

모든 문제에 대해 해답을 찾으려는 습관을 가지고 살고 있다. 잠에 잘 들지 못했던 이유 중 하나도 이거다. 자려고 하면 오만 가지 고민이나 생각들, 옛날 일에 대한 후회가 떠오른다. 인간관계로 인해 스트레스를 받을 때에도, 나는 답을 찾고 있었다. A라는 사람은 B로 대응, C라는 사람은 D로 대응하는 방식의 매뉴얼을 원했다. 하지만 사람은 계속 변하는데, 변화하는 사람과 그 관계 속에 매뉴얼이란 게 있을 리가 없다. 상대가 내 맘과 같지 않아 내가 쏟은 마음을 돌려받지 못해서, 혹은 뒤통수를 맞기도 하고, 누군가에겐 상처를 주고 또 상처를 되려 받기도 하는 그 이상한 관계 속에서 오래도록 머물러 있었다. 우린 계속 변하는데, 그걸 모르고 관계에서 정답을 찾아다녔다. 정답을 찾게 되면 그 누구와도 잘 지낼 수 있는 둥글둥글한 사람이 될 수 있을 것 같아서. 더 나은 사람이 되고, 더 나은 삶을 살고 싶어서 자꾸만 답을 찾아다닌 것이다. 답도 없는 인간관계 속에서.

인생에 정해진 답이란 건 애초부터 없는 거다. 내가 내리는 선택이나 관심사 혹은 상황, 우연, 운에 의해 끊임없이 변화한다. 때문에, 기회가 왔을 때, 그걸 잡을 줄 알아야 한다. 나에게 온 기회가 기회라는 걸 알아볼 수 있는 눈도 필요하다. 혼자만의 시간 속에서 생각에 깊이 빠지게 될 때, 나는 좀 많이, 진짜 많이 진지해진다. 깊게 파고들어서 심각하지 않아도 될 사안에 대해 한없이 심각해진다. 답을 찾아다니느라, 그렇게 잠을 못 잤나 보다. 답을 찾기 위해 새벽의 망망대해를 떠다니던 20대 초반의 내가 생생하다. 그러지 않아도 되었는데. 많은 사람을 겪으면서, 또 시간이 흐르면서 그 안에서 또 생각하고 생각하면서 자연스럽게 배울 수 있는 것들도 있는 것이었다. 그렇지만 그 시간들이 있었기에, 어떤 물음에 대해 결론을 도출해 낼 수 있는 사람이 된 것 같아서 다행이라고 생각했다. 나의 진지한 면이, 인생을 무겁게 대하는 태도가 글을 쓰고 만화를 그리는 원동력을 만든 것이니까.

진심을 다하면 후회하지 않는다

지난 2023년을 돌아보면, 그해는 실패뿐이었다고 할 수 있다. 크게 이뤄 낸 것은 없고, 2년 반 만난 남자 친구랑 헤어졌으며, 하반기 공채도 모두 떨어졌다. 하지만 나는 매 순간을 진심으로 마주했고, 그 과정은 나를 더 잘 알게 해 준 시간이었음을 확신한다.

물론 나는 아직도 내가 무엇을 하고 싶은지 알지 못하고 곁에 사람이 있어도 외로움을 느낀다. 마음속 존재하는 공허함을 해결하는 법도 알지 못한다. 사람을 믿고 의지하고 싶지만 잘되지 않아 괴롭기도 하다. 괜찮다고 다독여도 무너지고 다시 일어나도 또 무너지는 날이 있지만 결국엔 다시 일어난다. 앞으로 한 걸음 더 내딛기 위해서.

그럼 그걸로 된 거 아닐까. 단단해지고 있는 과정을 겪고 있는 것이 분명하다.

실패로 가득한 2023년이 후회되지 않는 것은, 매 순간 충실하게 살았기 때문이다. 학교도 열심히 다녔다. 덕분에 마지막 성적은 전부 A+(3학점 한 과목, 6학점 한 과목 총 두 개 들었다). 마지막 학기를 다니자마자 인턴에 지원하여 인턴 생활을 시작했다. 나의 부족한 점을 더 많이 발견한 경험이었지만 앞으로 나아갈 방향성을 찾을 수 있었다. 친구와 촬영한 단편 영화 역시 무사히 완성하여 상영회까지 진행했다. 그 과정에서 영상 관련 일을 그만하겠다는 결론을 얻었다. 늘 말하지만, 해 봐야 아는 것이 있다. 해 보지 않았더라면 미련이 생겼을 것이다. 하반기 공채 역시 결국에는 전부 떨어졌지만, 지원하는 과정에서 배운 것이 많다. 내가 부족해서, 상대가 뛰어나서, 타이밍이 안 좋아서, 회사에 떨어지는 이유는 다양하다. 그 탓을 나에게만 돌려서 나를 갉아먹는 일은 만들지 않겠다고 다짐했다. 내가 할 수 있는 일을 했을 뿐이다. 순간순간에 최선을 다해서.

그러니 후회는 하지 않는다. 나는 마음을 다했으니까. 앞으로 해야 하는 일에 대해서도 마음을 다하면 된다. 그뿐이다.

내가 달라졌다

과거와 비슷한 순간이 찾아왔을 때, 예전과는 다른 감정을 느끼는 나의 모습을 발견했다.

1. 실패에 크게 동요하지 않는다.

동아리 불합격 문자 하나에도 무너졌던 나는 모 기업 서류 탈락 소식에도 슬퍼하지 않는다. 불합격. 이 세 글자가 그 당시 나의 마음을 얼마나 아프게 만들었는지. 그들이 발견했을 나의 부족했던 점들을 떠올리고 떠올리며 슬퍼했다. 하지만 이제 슬프지 않다. 정확히 말하면 슬퍼할 시간이 없다. 그 시간에 다른 곳 하나 더 지원하는 게 나으니까. 지나간 것은 잊고 할 수 있는 것을 더 하면 된다.

2. 주변의 시선에 얽매이지 않는다.

'대2 병'을 심하게 겪던 시기에 인스타그램 계정을 삭제했다. 잠시 없애는 비활성화도 아닌, 완전 '삭제'. 당시 나는 내 인생에 대한 방향성이 잡히지 않아 쉽게 흔들렸고, 인스타그램을 통해 접하는 주변 사람들의 소식은 나를 무너지게 했다. 대학교 2학년인데 누구는 인턴을 하고, 누구는 공모전 대상을 받았다. 나는 아무것도 없는데. 아무 계획도 없는데. 그렇게 삭제한 인스타그램, 많은 사람과 연이 끊긴 덕분에 나는 나를 볼 수 있었다. 아무도 나를 보지 못하는 공간을 만들고 그 공간을 오로지 나로 채웠다. 인간관계를 만들어 가는 데 인스타그램의 역할을 체감했기에, 지금은 다시 SNS를 하고 있지만, 남의 시선이나 성취가 나를 무너뜨리지 않는다.

3. 내려놓는 법을 배웠다.

정도 미련도 많았던 나는 뭐든 내려놓지 못했다. 멀어진 관계도, 추억이 담긴 고장이 난 물건도, 오래된 인형도 버리지 못했다. 뭐든 놓아주는 법을 알아야 새로운 시작이 가능하다는 것을 알게 된 다음부터는 뒤돌아보지 않는다. 좋았던 것은 그때 그 시간 속에 두고 앞으로 나아가야 한다. 나랑 맞지 않는 것을 꽉 쥐고 있던 두 손에 힘을 풀고 빈손으로 새로운 것을 잡는다. 건강한 포기를 할 줄 알게 되었다.

성장은 스스로 변화를 알아차리는 순간에 찾아온다. 비슷한 일상에서도 새로운 사건은 계속 생겨나고 나는 그 속에서 많은 것을 보고 듣고 느낀다. 그 순간순간 찾아오는 변화를 놓치지 말아야겠다고 생각했다. 그 변화를 알아채는 것은 곧 스스로를 알게 되는 일이고 내가 성장할 수 있는 순간이니까.

어떤 실패는 성장의 발판이 된다

나는 운이 좋은 편이다. 하고자 마음먹은 것은 웬만하면 해냈다. 충동적인 성격 탓에 마음먹었다면 일단 저지르고 봤다. 걱정이나 잡생각은 뒤로 미루고 하고 싶은 마음만 생각했다. 덕분에 다양한 경험을 해 볼 수 있었고 나는 지금의 내가 되었다.

충동적이다. 좋게 말하면 실행력 있고, 나쁘게 말하면 신중하지 못한 성격을 가진 나는 그냥 단순하게 '재밌겠다'는 생각만으로도 일을 벌인다. 밑져야 본전이라는 말은 내가 가장 많이 하는 말이다. 그만큼 어떤 일을 시작하는 데 있어서 크게 고민을 하지 않는다. "What have you got to lose?" 잃을 게 없다면 그냥 도전하는 게 이

득이란 거다. 안 하고 후회하는 것보다 하고 후회하는 게 백배 낫다고 생각한다. 가만히 있으면 아무 일도 일어나지 않지만 무엇이라도 시작하고 보면 그것이 새로운 길로 나를 이끌어 주기도 한다. 그게 언제나 긍정적인 방향은 아닐지 몰라도, 난 항상 그렇게 살아왔다. 그리고 그 충동적인 내가 만든 지금이 꽤 마음에 든다.

하지만 그만큼 꽤 많은 실패도 겪었다. 너무 열정만 앞서서, 능력이 부족해서, 나보다 뛰어난 사람이 있어서, 안 해도 되는 말을 해서, 잘 알지 못했기 때문에 원하던 자리에 들어갈 수 없었다. 돌이켜보면 나의 부족함을 정면으로 마주할 수 있는 시간이었다. 다음에는 그러지 말아야지. 다음에는 이렇게 해야지. 지난 경험을 되돌아보며 앞으로 어떻게 할지 생각하는 것이다. 어떤 실패는 나를 한 걸음 더 성장시킨다. 실패라는 경험을 통해 나는 나를 더 잘 알게 된다. 그 과정에서 오는 무기력함과 우울함을 이겨 내고 더 나은 방향을 찾아 나선다.

지난 하반기 공채도 그랬다. A, B, C, D, E 회사에 서류를 넣었고 결과적으로는 모두 불합격했다. A는 서류부터 불합격, B와 C는 인·적성 불합격, D는 면접 탈락거리고 E는 일정이 겹쳐 중도 포기를 해야 했다. 지원하면서 알게 되는 것도 있다. 해당 직무가 나랑 잘 맞는지, 나는 어떤 사람인지, 어떤 일을 하고 싶은 지 서류를 쓰면서, 면접을 보면서 알게 된다. 같은 면접자를 보며 느끼는 것도 많았다. 단순한 비교를 통해 자존감을 깎아내리는 것이 아니라 생각보다 회사와 내가 결이 맞지 않았다는 걸 알게 되는 순간이 있었다는 거다. '불합격'이라는 세 글자가 내 마음을 아프게 한 적도 많았지만 실패가 나의 성장의 발판이 된다면, 기꺼이 받아들여야지. 결국 나는 내 자리를 찾을 테니까.

행복이 뭐라고 생각해?

행복했던 과거를 회상하며, 그 시간 속에 빠져 있게 되는 것이 고민이라는 사람이 있었다. 좋았던 날을 떠올리며 현재를 불행하게 느끼는 것이 문제였다. 실제로 그가 떠올리는 과거가 현재보다 훨씬 행복했을 수 있다. 하지만 대다수의 경우, 과거는 미화된다. 좋았던 것은 더욱 강렬하게, 나빴던 것은 희미하게 잊혀서 더욱 그립게 만드는 것이다.

나 역시도 과거의 좋은 기억만을 그리워한 경험이 있다. 그때의 난 '행복' 키워드에 꽂혀 있었고 과거의 나는 행복했는데 지금은 그렇지 못했다는 생각에 더더욱 과거에 매달리게 됐다.

하지만 그즈음 누군가 내게 행복이란 건 지금 당장에 느낄 수 있는 것이 아니라고 했다. 그에게 행복은 지난날을 떠올리며 '그때 나 행복했지' 하며 생각할 수 있는 것이다. 정작 그때에는 그게 행복인지 아닌지도 모르는데 지나고 나면 그게 행복이었다는 걸 아는 게 행복이라고 생각한다고 했다. 그는 내게 지금 네가 해야 할 것은 나중에 떠올릴 수 있을 만한 행복을 만들어 놓는 일이라고 했다.

생각해 보면 그렇다. 맛있는 걸 먹고 날씨 좋은 날 밖에 나가서 사소한 하루를 즐기며 '행복'을 느끼는 것은 쉬운 일이다. 하지만 멀리 보며, 길게 보며 '그때' 나 행복했는데, 생각할 수 있게 만드는 일에는 장기적인 투자가 필요하다. 지금 이 순간도 언젠가는 과거가 될 텐데. 미래의 내가 지금 이 시기를 떠올리며 '아 그래도 그때가 좋았지' 하고 생각하게 만들기 위해서는 결국은 하루하루 충실히 살아야 한다는 거다.

해야 하는 일을 해내고, 좋아하는 것도 하면서 나를 만들어 가는 과정을 충실히 해내야 한다. 나중에 후회하지 않기 위해서. 이 순간들을 잘 가꿔 나가야 한다. 반복적인 하루하루에 의해 지치고 무기력한 날도 오겠지만 길게 보며 그래도 '그때가 좋았다'는 순간이 올 때까지. 오고 나서도, 나는 충실하게 살아낼 것이다.

없는 건 간절함일까, 기대일까

간절함에 대해 생각했다. 내가 무언가를 간절하게 바라왔던 적이 없는 것 같았기 때문이었다. 대학 입시를 준비할 때에도, 동아리에 지원할 때도, 인턴이나 신입 면접을 볼 때도 나는 간절하지 않았다.

왜 그랬을까. 자신감이 넘쳤던 걸까 아니면 그만큼 내가 나에게 기대하지 않았던 걸까.

본격적으로 취업시장에 뛰어든 다음부터 내 시간은 이상하게 흘러가기 시작했다. 분명 책상 앞에 앉아 있고 노트북을 두드리고 있는데 아무것도 한 게 없다. 하루하루 바보가 되어 가는 기분이 들었다. 간절함 없이 그저 새롭게 뜨는 공고들의 마감일에 맞춰 인적 사항을 기입하고, 자기소개서를 쓰고, 인·적성 공부를 할 뿐이었다.

결국 나는 내가 무슨 일을 하며 살고 싶은지 찾아내지 못했지. 그저 나를 받아 줄 회사를 찾기 위해, 이곳 저곳 들이대기만 한다. 회사가 바라는 사람이 나라는 걸 증명하는 과정을 몇 번이고 반복하고 있다. 사실은 꿈도 없으면서 엄청난 비전이 있는 것처럼. 그들이 원하는 박스에 나를 끼워 맞추고 있다.

면접을 코앞에 두고, 떨지 않고 있다. 이게 무슨 근거 없는 자신감인지 모르겠다. 여유가 넘치는 이유는 무엇일까. 잘할 것 같다는 확신은 어디서 나오는 것인가. 왜 이렇게 간절하지 않은 거지. 하고 싶은 일을 찾지 못했기 때문에 역으로 아무 일이나 하게 되어도 상관없다고 생각하고 있나 보다. 이런 일이 생길까 봐 그렇게 하고 싶은 일을 찾아다녔던 건데.

결국 뭐가 문제인지도 모르는 상태에서 반복적으로 실패를 경험하고 있다.

서류 탈락, 인적성 탈락, 면접 탈락.

아니. 아니지. 사실 나는 알고 있다. 내 부족한 점을 알고 있다. 잘하는 것 하나 없이 용케 여기까지 온 것이다. 나는 내가 뭐 되는 사람이 될 줄 알았지. 실패하는 경험이 쌓일수록, 나는 나에 대한 기대를 내려놓기 시작했다. 합격을 해도, 불합격을 해도 그것은 내 실력이 아니다. 그저 운.

취업 시장에 뛰어든 다음부터, 나는 나를 내려놓기 시작했다. 아 그렇지. 나 이게 부족했어. 그래서 떨어진 거네. 그래. 떨어뜨릴 만했네. 거기서 그런 말을 하는 것이 아닌데. 알고 있었어.

알고 있으면서도 울적한 마음이 드는 것은 불합격을 했는데도 슬픈 마음이 들지 않는 내 자신을 발견했기 때문이다. 내가 나에게 기대하지 않아서. 기대하며 살고 싶다던 내가 조금씩 변하는 게 느껴져서.

"나는 네가 떨어질 줄 알았어." 하고 내가 나에게 말하고 있기 때문이야.

어느새 내가 나를 깎아내리고 있었구나.

아쉽지 않아.

간절하지 않아.

떨어질 만하니까 떨어졌어.

이렇게 자존감이 떨어지는 거구나. 취준은 진실로 나를 갉아먹는 과정이었다. 내 길을 찾지 못해 방황하는 동안, 나를 잃어버릴 수 있겠구나. 내가 무엇을 더 할 수 있을까. 무엇을 더 하고 싶을까. 알 수 없는 목적지를 향해서 그저 달리고 또 달릴 뿐이다. 멈춰 있는 것은 어쩐지 더 불안하니까.

다짐하고 또 다짐하기

마음이 꽤나 힘들었던 몇 주를 보내고 난 후, 마음속에 평화가 찾아왔다. 일상에 변화는 없었다. 나는 여전히 취준생이고, 나를 합격시킨 회사는 없다. 나를 증명하고 또 증명하는 과정에서 실패하고 또 실패했다. 하지만 전처럼 나를 깎아내리고 싶은 생각이 사라졌다. 나는 그냥 내가 할 수 있는 것을 했으니까. 그게 안 맞았다면, 어쩔 수 없다.

"나도 나를 못 알아보는 니네가 싫어!"

유치하지만 그렇게 생각하기로 했다. 새로운 사람을 사귀는 것과 비슷한 것 같다. 첫인상이 크게 작용을 하지만 생각보다 괜찮은 사람이 있을 수도 있고 알면 알수록 별

로인 사람도 있는 것이다. 사람은 입체적이라서 이런 면, 저런 면이 있는 거지만, 그 사람의 어떤 점이 내 특정 가치관과 정말 맞지 않는다면? 친구할 수 없겠지. 취업도 마찬가지다. 그냥 회사랑 내가 좀 안 맞았다는 거지. 누가 틀린 것은 아니다. 아니면 하필 그 시즌에 나보다 잘 맞는 사람이 있었겠지 뭐. 그렇게 넘기는 것이다.

나 혼자 이런 사고의 흐름을 만들어 낸 것은 아니었다. 계속되는 서류 탈락으로 지쳐 있는 내 곁에는 늘 좋은 사람들이 있었다. 반복되는 실패에 지지 않고 매번 일어날 수 있었던 건 그들 덕분이다. 그들은 단순한 위로의 말을 건네지 않는다. 그저 내 이야기를 들어 주고, 함께 시간을 보내 줄 뿐이다. 그것만으로도 힘이 된다. 그걸 잘 알아서, 오래 친구하고 있나 보다. 고맙고 또 고마워서, 성공해서 더 잘해 줘야지 하고 마음먹게 된다. 나는 결국 나에게 소중한 사람들에게 더 좋은 사람이 되고 싶어 취업 준비를 하나 보다. 이왕이면 성공해서, 더 잘해 주고 싶어서.

나는 지금 내 모습과 나를 이루고 있는 모든 것들이 마음에 든다. 나의 성격, 내가 사람들을 대하는 태도, 그로 인해 만들어진 내 인간관계, 내가 할 수 있는 것, 잘하고 싶은 것, 하고 싶은 것, 좋아하는 것, 싫어하는 것… 나에 대한 모든 것들은 온전히 내 힘으로 만들어지지 않았다. 나는 주변 사람들의 영향을 끊임없이 받고 있고, 그것들이 모이고 모여서 지금의 내가 됐다. 나를 만들어 준 모든 사람들에게 더 잘해 주고 싶다. 고마우니까!

그렇게 다시 또 다짐하며, 취업하겠다고 마음먹는 것이다.

그러면 이게 내 꿈인가 봐.

좋아하는 사람들에게 더 좋은 사람이 되겠다는 거.

2장

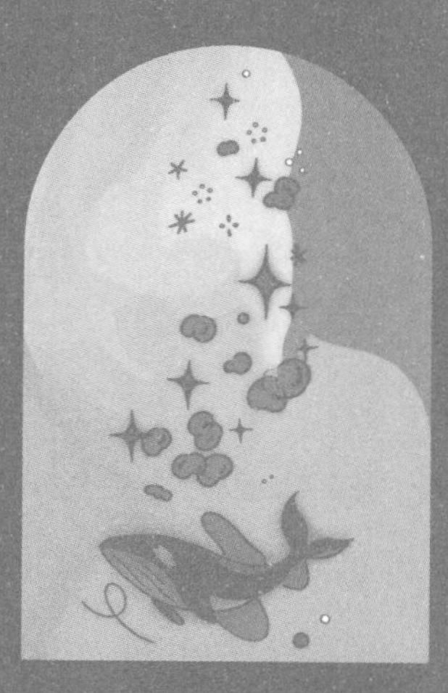

우리에게는 온기가 필요해

나는 가끔 과거에 살고 있는 거 같아

그런 생각을 했다. 나는 과거를 곱씹는 일을 남들보다 많이 하는구나. 나는 자꾸만 옛날 일을 끄집어 와서 한없이 생각한다. 자꾸 자꾸 생각하면서 과거의 나와 현재의 나를 비교하기도 하고 이랬으면 어땠을까, 저랬으면 어땠을까, 좀 더 나은 선택이 있지는 않았을까.

특히 그것이 사람과 사람의 관계에 대한 것이라면 더 더욱 열심히 꼭꼭 씹으면서 과거에 내가 저지른 잘못들을 머릿속에 각인시킨다. 해결할 수 있는 문제라면 해결하고 말 텐데 관계라는 것은 혼자 해결할 수 없는 것이라서 머리가 더 아프다. 그냥 나 혼자 계속 마음이 쓰이는 것이다. 그냥 내버려 둬야 하는 관계도 있다는 거 알고 있지만 자꾸 뒤돌아보게 된다. 자꾸 마음이 쓰이고, 내가 뭘 더 어떻게 했어야 하나 싶고. 매번 쿨한 척하지만 사실은 하나도 쿨하지 않다. 마음을 쏟지 않거나 진심인 적 없던 것에만 쿨할 수 있었던 것이다. 내가 그 사람에게 진심이었던 만큼, 그 사람도 내게 진심이었으면 좋았을 텐데. 특히 나는 사람을 대할 때 어린아이 같아져서 사람을 쉽게 좋아하고 쉽게 미워했다. 빠른 속도로 내 마음에 누군가를 들여 상처를 받고 미워해서 스스로 못난 사람이 되어 버리는 것이다.

오늘처럼 잠이 오지 않는 새벽에 난 과거를 곱씹는다. 그렇게 곱씹어 본 과거의 나는, 주변에 사람이 많았고 사람을 좋아했다. 더 많은 사람들과 잘 지내는 법을 알고 있었던 것 같다. 그런데 지금은 어떨까. 그냥 불편하다. 아무도 신경 안 쓰겠지만 나는 신경 쓰인다. 눈치 주는 사람도 없는데 눈치를 본다. 그 많은 사람들과 잘 지내던 나는 어디에 갔는지. 크고 작은 문제들을 마주하며 한없이 깎여 버린 듯한 기분이 든다. 예전에 잘 지내던 사람들과 다시 잘 지낼 자신이 없어진다. 자연스럽게 멀어진 관계는 그냥 그렇게 내버려 두고 싶다. 그치만 멀어지고 나면 다시 뒤돌아보게 된다니. 내가 봐도 나는 참 어렵다.

그럼에도 불구하고 내 과거를 곱씹어 보는 이 습관은 중요하다. 여태껏 저질렀던 잘못들을 다시 떠올리며 어떻게 해야 더 나은 인간이 될 수 있을지 생각하게 되니까. 단순히 자책'만' 하는 것이 아니라, 일이 흘러가게 된 경위를 파악하며 그때 내가 했던 행동에 대해 그 사람이 어떻게 느꼈을지 생각하고 내가 어떻게 했으면 더 나았을지 생각한다. 비슷한 상황이 또 생길 때 반복하지 않기 위함이다. 더 성숙한 방식으로 다른 사람을 대하고 싶기 때문이다.

생각해 보면 우리는 이렇게 서로에게 상처 주고 상처받으면서 살아가는 거 같다. 나도 누군가에겐 나쁜 사람이었고 누군가도 내게 나쁜 사람이었으니까. 서로 그렇게, 조금씩 상처를 주고받으면서.

다정한 사람이 되고 싶었다

누구에게나 따뜻하고 힘들 때 생각나서 찾게 되는 그런 사람.

영상 동아리를 하며 알게 된 친구 서영은 내가 아는 사람 중에 가장 다정한 사람이다. 서영이랑 대화를 나눌 때면 마음이 편안해진다. 특유의 다정함으로 인해 깊이 있는 대화를 나눌 수 있는 사람 중 하나다.

서영으로부터 언니는 인생을 무엇으로 살아가냐는 질문을 들은 적이 있다. 이에, 서영 본인은 사랑으로 살아간다고 했다. 사랑을 사랑하는 서영, 그녀의 다정함은 사랑으로부터 나오나 보다.

나는 이렇게 다정한 사람을 보면 마음이 이상해진다. 그들이 가지고 있는 특유의 다정한 마음이 너무 예뻐서. 그리고 그것이 이제 나에게는 없는 것이라서. 괜히 부러우면서도 자꾸 곁에 있고 싶어진다. 그 다정함을 조금이라도 배우고 싶기 때문인 걸까.

그녀가 사랑으로 살아간다는 이야기를 들었을 때, 분명 의미 있는 이야기라고 생각했다. 나쁘게만 변해 가는 사회 속에서 사랑은 희망이며, 그 사랑으로 살아간다는 이야기는 많은 영화나 드라마 속 핵심 메시지니까. 알고는 있지만 와닿지 않았던 것은 왜일까.

내가 싫어하는 게 너무 많았기 때문이다. 나는 모두에게 다정할 수 없는 사람이다. 세상에는 잘 맞는 사람, 안 맞는 사람이 있기 마련이고, 안 맞는다고 해도, 둥글게 둥글게 생각하며 넘어갈 수 있을 텐데. 나는 그걸 못하고 있다. 따라서 내 인간관계는 날이 갈수록 좁아지고 있다. 어쩌면, 그 좁은 관계 속에서 느껴지는 안락함을 추구하는 것 같기도.

하지만 한편으로는 모두에게 다정할 수 있는 사람들이 참 부럽다. 난 그렇게 될 수 없고 그렇게 되려고 하지도 않지만, 그들이 가지고 있는 그만의 다정함이 정말 예쁘다고 생각하니까.

나이를 먹을수록 주변에 사람이 사라진다

어떤 날은 그게 많이 많이 아쉬웠다. 친했던 사람, 어색했던 사람, 미운 사람, 친해지고 싶었던 사람들이 하나둘 사라지는 걸 보면서 결국 내 옆에 남는 건 누구일지 생각했다. 그렇게 사라지는 인연들이 아쉬워 그들과 함께했던 시간을 떠올렸다. 내가 다르게 행동했다면, 지금은 잘 지내고 있을지도 모르는 사람들. 내가 조금만 성숙했더라면, 조금만 생각이 깊었더라면. 하지만 그렇다고 해서 그들을 다시 잡고 싶은 것은 아니다. 이제는 너무 늦어서 달라지는 것도 없으니, 앞으로 그런 일이 없도록 오답 노트 적듯이 기억해 두는 것이다.

사람을 그리워하고 아쉬워하는 동시에 새로운 자리에

서 새로운 사람들을 만나는 일은 부담스러워 한다. 역설적이지만. 누군가를 새롭게 알아 가고 그와 두터운 관계를 만드는 과정은 막막하고 소모적이다. 겉으로 하하호호 하기는 쉬워도 내 진짜 마음을 보여 주는 것은 어려운 일이니까. 그들의 진짜 마음을 보는 것 역시 쉬운 일은 아니겠지. 서로의 진짜 마음을 보여 주는 것은 두터운 신뢰관계가 있어야 가능하다고 생각했다.

그리고 그 두터운 신뢰를 쌓는 일은 어렵다… 고 생각했'었'다. 전혀 예상하지 못한 방식으로 새로운 '친구'가 생기는 경험을 하기 전까지.

졸업을 앞두고, 나는 가장 친한 과 동기 혜원과 단편 영화를 제작했다. 영화 촬영 특성상 많은 인원의 스태프가 필요했는데 영화 동아리 경험이 있던 혜원이 자신의 지인들을 모아 왔다. 하나의 작품을 완성하기 위해 모두가 머리를 맞대고, 회의하고, 또 회의했다. 배우를 캐스팅하기 위해 오디션도 보고, 또다시 회의를 했다. 그렇게 촬영날이 되었고 모두가 한마음으로 한 컷 한 컷을 위해 맡은 책임을 다했다.

그 과정에서 친해진 세진은 꼼꼼하고 다정하고 귀여운 친구였다. 밤샘 촬영이 끝난 후, 함께 첫 차를 기다리며 도란도란 얘기했는데 그 순간이 오래오래 기억에 남는다. 적당한 대화의 온도에, 하나의 주제로 깊이 있는 이야기가 오고 갔다. 서로가 가지고 있는 가치관의 결이 비슷하다는 느낌을 받았다. 깊이 있는 대화 속에서 내 세계가 넓어지는 기분이 들어 그 시간이 소중하게 느껴졌다.

또 다른 친구 관영은 '친해지면 재밌겠다'고 생각하게 만드는 사람이었다. 그리고 실제로 재밌었다. 높지도 낮지도 않은 텐션으로 사람 마음을 편하게 해 준다. 그런 주제에 개그 코드는 또 잘 맞아서 같이 놀면 은은하게 웃기다. 진지할 땐 또 진지해서 대화 나누기에도 좋은 친구였다. 무엇보다 좋았던 것은, 덤덤하고 아무 생각 없어 보여도(본인은 실제로 아무 생각 없이 산다고 주장한다) 속이 깊다. 고민을 털어놓으면 편견 없이 들어 준다. 그가 주는 조언이나 말들이 꽤나 도움이 된다.

결이 잘 맞는 친구를 예상하지도 못한 곳에서 둘이나 사귀다니. 그렇다면 난 걱정할 필요는 없겠다.

새로운 사람들은 계속 만나게 될 것이고 사람 사귀는 게 생각만큼 어려운 일은 아닌 거니까. 떠난 사람들은 잘 보내 주고 찾아올 인연은 반갑게 맞아 주면 되는 것이다. 그렇게 찾아온 새로운 인연들 역시 멀어지는 날이 오겠지만 그때 가서 아쉽지 않게 지금 더 잘해 주면 되는 것이다.

그렇게 온 마음 다해 시절 인연을 즐기면, 그뿐인 거다.

어떤 언니

내 주변에는 언니들이 참 많았다. 언니들은 나에게 맛난 것도 사 주고 어려운 일이 있을 때는 조언도 해 줬다. 어리고 서툴렀던 나를 많이 다독여 줬다. 그러다 문득, 어떤 언니가 내게 해 줬던 말이 생각났다.

"그런데, 젬이야. 나는 젬이 보면서 많이 위로받고 에너지 얻어."

"새롭고 다양한 감정들이 휘몰아치는 시기라서 사람들에게 의지하고 기대하다가 상처도 많이 받고 원인을 나에게 돌려 더 힘들어지기도 하는데 스스로 더 상처받지 마."

"일하면서 느끼는 건데 어릴 때 만든 습작들이 지금보면 되게 신선하게 느껴져."

"내가 뭘 원했던 걸까 하고 회의감이 들 때 어릴 적에 만든 허접한 것들이 나침반처럼 방향을 알려 주기도 하더라."

"자기 생각을 이리저리 내뱉으면서 정리하다가 결론을 내면서 괜찮은 스토리가 나오기도 하는 거니까 뭐라도 이 시기에 많이 기록했으면 좋겠어."

당시 스무 살이던 나에게 직장인이던 언니는 그야말로 '어른'이었다. 그런 언니가 내게 해 주는 말들이 마냥 좋아서 일기장 메모 칸에 언니가 해 줬던 말들을 메모해 둔 기억이 있다.

언니 말처럼 나는 새로운 사람들을 많이 알아 가게 되었고 그 사이에서 상처받고 상처 주는 과정을 반복했다. 원인을 나에게서 찾기도, 남을 탓하기도 했지만 그 과정에서 그 몫을 감당하는 법을 배울 수 있었다.

그리고 정말 신기한 것은, 꾸준히 기록하는 이 습관이 결국 지금의 나를 만들어 줬다는 것이다. 이리저리 고민하면서 생각을 정리하고자 주저리주저리 블로그나 일기장에 내 생각을 기록하던 습관이 나를 작가로 만들었다. 그리고 아무리 주절거려도 해결되지 않는 고민은 예전에 썼던 메모나 일기를 다시 보며 해답을 찾는다.

언니도 나와 같았던 걸까. 어느 순간부터 뚝 끊겨 다시 연락할 수 없는 사이가 되었지만, 종종 그 언니가 생각난다. 언니가 내게 보여 줬던 진솔한 이야기들이, 진심을 담은 조언들이 생각난다. 어쩌면 난 언니 덕분에 꾸준히 생각하고 글을 쓰는 사람이 되었는지도 모른다. 돌이켜 보면 난 인복이 참 좋았다. 적재적소에 나에게 필요한 말을 해 주던 사람들이 있었으니까. 그들과 나눴던 대화가, 그들이 보여 준 마음이 좋아서 두고두고 생각하며 기억에 담아 두게 된다.

제인과 할머니

친구인 윤선과 한강에 가는 길에 어떤 강아지와 할머니를 마주쳤다. 강아지가 귀여워서 할머니의 속도에 맞춰서 걸었는데 어디선가 아기고양이 한 마리가 나타났다. 할머니께서는 그 고양이에게 개 사료 남은 걸 조금씩 챙겨 주곤 했는데 사료가 똑 떨어져서 요 며칠 고양이 밥을 챙겨 주지 못했다고 하셨다.

음식물 쓰레기를 뜯어먹고 있는 비쩍 마른 고양이가 안쓰러워 근처 편의점에서 참치와 물을 샀다. 물로 참치의 소금기를 빼서 고양이에게 줬다. 참치를 주기 위해 가까이 다가가니, 고양이는 몇 걸음 물러서서 우리를 바라보기만 했다. 참치가 담긴 접시를 두고 다시 멀리 떨어져서 고양이가 오기를 기다렸다. 눈치를 살피다 접시 근처로 다가와 허겁지겁 참치를 먹는 고양이. 나랑 윤선, 할머니 그리고 할머니의 강아지는 한참을 고양이 주변에 앉아서 고양이가 밥 먹는 걸 지켜봤다.

나와 윤선이 강아지 이름을 궁금해하자, 할머니께서는 제인이라고 답해 주셨다. (재인인지 제인인지 모르겠지만, 그냥 마음대로 제인이라고 적는다) 열두 살 된 '순종' 포메라니안, 제인이는 20대로 추정되는 젊은 여자의 강아지였다고 한다. 당시 주인은 제인이 아주 어릴 때 중성화 수술을 시켰다. 발정기 때 강아지가 고생하는 게 싫었기 때문이란다. 하지만 할머니는 그게 너무 아쉽다고 하셨다. 순종 포메라니안이 얼마나 귀한지 설명하시며, 제인이에게 아이가 있었다면 정말 귀여웠을 것이라고 말씀하셨다. 그랬던 제인은 그 주인을 떠나, 현재는 할머니와 살게 됐다.

제인은 젊은 여자들을 좋아한다고 했다. 새끼 때 같이 살던 그 20대 젊은 주인이 그리운 건지 아님 그냥 언니들이 좋은 건지 모르겠지만. 산책을 하다가도 자기를 예뻐하는 언니들을 보면 가만히 앉아서 미소를 지으며 예뻐하는 걸 즐긴다고 했다. 한편으로는 그 이야기가 마음이 아팠다. 그래도 나와 윤선을 보는 제인의 미소가 귀여워서 나도 같이 웃었다.

인간과 함께한 지 12년이나 돼서 그런가? 제인은 사람 말도 정말 잘 알아듣는다고 한다. 할머니께서는 제인이 칭찬하는 말, 혼내는 말 모두 구분할 줄 안다고 말씀하셨다. 그 분홍색 작은 귀를 쫑긋거리며 하라는 것은 꼭 하고 하지 말라는 건 절대로 하지 않는다고 한다.

할머니는 마지막으로 동물이나 사람이나 늙으면 볼품없어지고 자꾸 아프며 주변의 관심도 점차 사라진다는 말을 덧붙이셨다. 그 말에 마음이 쓰였다.

할머니 그리고 제인과 작별 인사를 나누고 한강으로 이동했다. 한강 피크닉장에서 어떤 할아버지 한 분이 강아지와 함께 돗자리 위에 누워 계신 걸 봤다. 그 모습이 평화로워서 괜히 기분이 좋아졌다. 우리도 돗자리를 펴고 한참을 누워 있었다. 날씨가 좋아서 아무것도 하지 않아도 기분이 좋은 날이었다. 그런데 별안간 그 할아버지께서 우리를 향해 손짓을 하셨다. 우릴 부르는 건 줄 알았는데 알고 보니 저 멀리 다른 할아버지와 강아지를 향한 것이었다. 반대편에는 또 다른 할아버지께서 한 손에는 포장한 피자를 들고 또 다른 강아지와 걸어오시는 모습이 보였다.

할아버지 셋과 강아지 셋, 그리고 돗자리에 펼쳐 있는 피자와 도란도란 이야기하시는 모습. 평화롭고, 따스했다. 날씨 좋은 화요일 오후에 친구 둘과 강아지 셋이 함께하는 피크닉이라니. 이건 오늘부터 내 '추구미'다. 그런데 내가 할머니가 되었을 때, 나랑 그렇게 놀아 줄 친구 둘이 있을까? 있다면 그건 누가 될까. 친구 둘까진 아니어도 하나는 있을까? 그런 생각을 했다.

제인과 할머니, 할아버지 세 분과 강아지 세 마리, 날씨도 좋고 하늘도 맑았던 화요일.

잠깐이지만 많은 생각이 스쳐간 그런 날이었다.

마음이라는 거 별거 없구나

누군가를 미워하는 마음은 결국 희미해졌고 좋아했던 마음 역시 사라지기 마련이다. 진심으로 사랑했던 마음도 아파했던 기억도 정말 모두 한때였다. 이렇게 점점 무뎌지는 걸까. 이렇게까지 희미해질 줄 알았더라면 그렇게 날을 세우지 않았을 텐데. 날을 세우고 모두를 경계하던 시절에는 무던한 사람들이 부러웠다. 감정이 오락가락하며 시간낭비를 하지 않는 점이. 이해가 되지 않는 상대를 쉽게 미워하지 않고 이해하려는 태도도. 조금만 안 맞으면 미워하기 바빴던 나와 다른 모습이었다.

내게 사람을 미워하는 일은 가장 쉽게 그 사람을 잊어버리는 방법이다. 하지만 그 미워하는 사람들은 사실 내가 좋아'했'던 사람들이다. 사람을 쉽게 사랑했던 과거의 나는, 누군가의 단편적인 모습만으로 내 모든 것을 열어 나를 다 보여 주곤 했다. 내 바운더리 안에는 정말 많은 사람들이 있었고, 믿거나 말거나 나는 그 바운더리 안의 모든 사람을 정말 진심으로 좋아했다 (여기서 좋아하다의 의미는 결코 연애적인 감정에 대한 이야기가 아니다). 진심을 다해서 사람들을 대했다. 나의 바운더리에 들어온 사람들은 내가 정말 좋아하는 사람들이었으니, 나는 그들을 끊임없이 신경 썼다. 힘든 일이 있으면 도와주고 싶고, 고민이 있으면 해결해 주고 싶고, 기쁜 일은 같이 축하해 주고 싶었다. 하지만 좋아하는 만큼 예민해졌다. 관계의 자그마한 적신호도 나에겐 위기였다. 조금이라도 다르게 나를 대하는 사람을 보면 자책부터 했다. 내가 불편하게 만든 것이 있었으리라 생각하며 눈치를 봤다. 관계 속에서 '을'을 자처하며 남의 비위를 맞추는 시절도 있었다. 그러나, 모두에게 좋은 사람으로 기억되는 것은 불가능하다. 나는 결국 누군가에겐 나쁜 사람이 되어 있었다. 의도치 않았지만, 나는 계산적이고, 가식적이고, 착한 척하는 사람이 되어 있었다. 내 마음은 그게 아니었는데.

진심을 다한 만큼 상처받았고, 상처받은 만큼 사람들을 미워하기 시작했다. 바운더리 밖으로 밖으로, 그들을 밀어냈다. 왜 내가 보여 준 진심의 반의 반의 반도 알아주지 않는 걸까 생각하며 남들을 탓하기 시작했다. 그간 보여 준 내 마음은 무엇이었길래. 그 마음은 왜 그들에게 닿지 못했던 걸까. 닿길 바라서 노력했던 건데. 그 답을 찾지 못했던 나는 사람을 미워하는 방식으로 나를 지키기 시작했다. 덕분에 아주 모난 사람이 되어 있었고, 단편적인 모습을 보고 사람을 좋아하던 나는 단편적인 모습으로 사람을 싫어하게 되었다. 새로운 사람에게서 상처를 줬던 누군가의 모습이 떠오르면, 본능적으로 그 사람을 피했다. 친해지기도 전에 선을 긋고, 내게 다가오면 미워하고 봤다. 그렇게 사람을 좋아하던 나였는데.

그러니 이제 모든 사람과 잘 지내는 다른 어떤 사람을 보게 되면 속이 뒤틀리는 것이다. 부럽기도 하고 질투도 나서. 나와는 정말 다르구나. 무던하구나. 둥글둥글해. 누구와도 잘 지낼 수 있고 적을 만들지 않을 수가 있는 거네. 나는 못했는데. 너는 할 수 있구나. 비록 난 이렇게 변해 버렸지만. 사람을 좋아하던 그 모습을 되찾고 싶었다. 전처럼 상처받는 것은 여전히 두려웠지만. 하지만 아무리 돌이켜 생각해 봐도, 난 늘 진심이었다. 내 마음에 솔직하지 않았던 적이 없다. 미워하는 일도 사랑하는 일도 늘 순간순간의 감정에 충실했다. 충동적으로 후회되는 일을 만든 적은 있지만 (사실 많지만) 아쉬움이 남지는 않는다. 늘 진심을 다했으니까. 그게 최선이었다는 것을 알고 있으니 돌아가도 달라질 것은 없을 것이다. 그때의 내가 있었기에 지금의 나도 있는 거니까.

시간이 지나고 내 마음속에는 여유가 생겼다. 나는 내가 어떤 사람인지 잘 알게 됐고 너그럽게 상대를 바라보는 법을 배웠다. 방어적인 태도로 사람을 대했던 것은 어쩌면 나를 보호하기 위함이었나 보다. 충분히 단단해진 지금은 그럴 필요가 없다. 과거의 마음들은 희미해지고 무뎌졌다. 그만큼 보잘것없는 마음들이었나. 하지만 앞으로도 나는 많은 사람을 사랑하고 미워하겠지. 그 마음들은 또 다시 희미해지고 무뎌질 것이다. 어차피 사라질 마음이라면, 더 사랑하고 덜 미워하자. 그게 마음처럼 되는 것은 아니지만.

미워하는 마음은 희미해진다

그럼 난 왜 그렇게까지 미워하며 살았지.

미워했던 사람들을 자주 떠올린다. 미움이 사라질 때까지 떠올린다. 떠올리고 떠올리고 또 떠올려. 상처받은 기억을 되새겨. 그때의 기억이 상처로 느껴지지 않을 때까지.

그렇게 떠올리고 되새기다가 미워했던 사람들을 미워하지 않았을 방법을 찾고 상처받은 기억을 상처로 기억하지 않는 사고의 흐름을 찾았다. 사실은 별거 아니더라고. 어차피 다 희미해지더라고. 그래서일까? 밉지가 않네. 그냥 그러려니… 그러려니… 그러려니….

나도 나를 잘 몰랐는데 너도 너를 몰랐겠지. 모르는 사람들끼리 그냥 부딪힌 거지. 누가 잘못한 게 아니다. 각자의 사정이 있었고 서로가 바라던 것이 달랐던 것뿐인데 괜히 상처 주고 상처받았던 거다. 어차피 희미해질 거라면 그럴 필요 없었을 텐데.

앞으로도 많은 사람을 사랑하고 또 미워하겠지. 그치만 그 마음은 또 희미해질 거야. 그럼 나는 더 사랑하고 덜 미워해야지. 잘 안되겠지만 그래도… 인지하고 있으면 조금은 달라지지 않을까.

어느 날 이런 생각이 들었고, 사람을 미워했던 내가 이런 생각을 할 수 있음에 놀랐다. 몸에도 마음에도 여유가 생겼나 보다. 날을 세우고 사람들을 대했던 것은 사실은 내가 너무 지쳤기 때문이었을까. 다들 예민했나 보지. 나만큼 그들도.

사람을 좋아하는 동시에 상처받기 싫어서 사람을 싫어한다고 외치고 다녔던 적이 있었다. 마음껏 좋아하고 싶은데 그렇게 하면 상처받으니까, 상처받을 수도 있으니까 사람을 자꾸만 피해 다녔다. 돌이켜 보니, 사람을 좋아하는 것은 죄가 아니었고 사람에게 받는 상처를 통해 배우는 것도 있더랬다.

그래서 나는 다시 좋아하기로 했어. 어차피 희미해지는 마음들이라면, 상처도 희미해질 테니까.

누군가가 나를 미워해

나를 미워한다는 누군가가 있다는 사실을 견디지 못하던 시절이 있었다. 누군가 나에게 보이는 악의가 무서워 자꾸만 쪼그라들었다. 나를 대놓고 싫어하는 사람들은 무섭지 않다. 나도 그들을 똑같이 싫어하면 되니까. 진짜 무서운 건 알게 모르게 나를 미워하는 사람이다.

'나 뭐 잘못했나.'

'혹시 나를 싫어하나.'

처음으로 이 생각을 하게 만든 사람은 중학교 2학년 때 같은 반이었던 아이 A였다. 같은 초등학교를 나와 일면식이 있던 우리는 중학교 2학년 때 같은 반이 되었고 같은 '무리' 속에서 함께 놀았다. 그 애의 나를 향한 태도는 종잡을 수 없었다. 어느 날은 다정했고 어느 날은 차가웠다. 내 장난을 받아 줄 때도 있었고 정색하며 지나치기도 했다. 알 수 없는 그 애의 마음에 대해 오래 생각했다. 나는 잘 지내고 싶은데. 그 애는 내가 싫은 걸까. 나의 어떤 점이 그 애를 불편하게 만들었을까. 차라리 알려줬으면 좋겠다.

지금이면, 그애에게 차라리 솔직하게 물어볼 수 있었을 텐데. 그때 난 솔직하게 사람을 대하는 법을 알지 못했고, 마음속 덩어리진 말을 정리해서 상대에게 전할 용기가 부족했다. 열다섯 살은 그런 나이였다. 감정은 휘몰아치고, 생각은 많아지는데 정리가 안 되는 나이. 누군가 나에게 보이는 희미한 적의가 두렵지만 그걸 해결할 수 있는 방법은 몰랐던 나이. 눈치 보는 것 말고는 할 수 있는 게 없는 그런 나이. 남의 눈치를 보는 성격은 그때 생겼다. 눈치도 없으면서 눈치 보는 열다섯이었다.

사람은 쉽게 변하지 않고, 남의 눈치를 보는 그 소심함은 여전히 내 성격의 일부분으로 남아 있다. 직설적이고 솔직한 모습이 내 성격 중 가장 큰 부분을 차지하고 있는 것은 사실이지만, 한편으로는 그것이 나의 방어기제처럼 사용된다고 느낄 때가 있다. 저질러 놓고 후회하거나 눈치 본 적이 많기에.

'우리는 왜 누군가를 미워하는 걸까?'라고 의문을 가지고 있는 나조차 미워하는 사람이 참 많다. 보통의 경우, 이유는 명확하지 않고 계기만 뚜렷하게 남아 있다. 그런 계기가 쌓이고 쌓여 남을 적대적으로 대하고 멀어지고 그래도 잘 지낼 걸 하며 후회하는 것을 반복하고 있다.

그럼에도 불구하고, 안 맞는 사람은 안 맞는 거라고 넘어가고 싶은데.

잘 지내고 있었을지도 모르는 그들과 나의 평행세계를 떠올리며 아쉬운 마음을 다독일 뿐이다.

나도 누군가에겐 엑스트라야

글을 쓰기 위해 카페에 자주 간다. 집에서도 충분히 쓸 수 있지만 카페라는 장소로 몸을 옮겨 글을 쓰면 글을 대하는 내 태도가 달라진다. 집에서 조금 끄적거리는 것에 그치지 않고 꽤나 진지하게 글을 대하게 된다.

하지만 역시 가장 마음에 드는 것은 나를 모르는 사람들이 잔뜩 있는 공간이 주는 편안함이다. 카페에 혼자 앉아 노트북을 두드리다 보면 꽤 많은 사람들이 들락날락하는 것을 볼 수 있다. 그렇게 오고 가는 수많은 사람들, 카페 창문 너머 오고 가는 사람들을 보며 나의 존재는 그저 엑스트라 같다는 생각을 했다. 그들이 나의 인생에서 엑스트라로 남는 것처럼 나도 그들의 인생에서 한 명의 엑스트라로 남게 된다.

2월의 마지막 주, 월요일 오후 강남역 오거리 스타벅스에 오지 않았더라면, 지금 앉아 있는 이 자리에서 딸기 아사이 레몬네이드를 시켜서 앉아 있지 않았더라면, 내가 오늘 봤던 그 많은 사람들을 마주할 일은 없었다. 내가 오늘 이 자리에 있었기 때문에 그 많은 사람들을 마주했다. 우리는 서로에게 엑스트라일 뿐이지만, 인연은 어디서 생길지 모르는 일이다.

그렇게 생각하고 나니, 대학에서 만나 친구가 된 모든 사람들이, 강연에서 만난 옆자리 사람이, 엘리베이터에서 만난 할머니와 강아지가 엄청나게 소중하게 느껴진다. 존재도 모르고 살았을 그 사람들과 인연이 닿아 서로가 서로에게 영향을 줄 수 있다는 것. 갑자기 그게 왜 이렇게 소중하게 느껴지는지 알다가도 모를 일이다.

올해 1월 말, 나는 6개월 계약의 인턴생활을 마무리하고 친구가 살고 있는 홍콩으로 훌쩍 떠났다. 비행기를 혼자 탄 젊은 친구가 어른들의 마음을 쓰이게 하는 걸까? 비행기 옆자리 모녀가 내게 말을 걸었다. 두 분께서는 아무 말도 하지 않고 잠만 자는 나를 보며 홍콩 사람이라고 생각했다고 한다. 기내식이 나올 시간이 되어도 일어나지 않자 조심스레 깨운 것이었는데, 그 마음이 감사했다. 모녀가 내게 말을 걸지 않았더라면, 우리는 그저 서로에게 엑스트라로 남았겠지. 하지만 그들은 혼자 비행기를 탄 내가 마음에 걸려 말을 걸었고, 우리는 비행시간 내내 대화를 나눴다. 웃는 얼굴이 참 예쁘다는 말, 혼자 비행기 타고 여행 가는 거 씩씩해 보여서 좋다는 말, 그래도 혼자 왔으니 조심해서 다니라는 걱정 어린 말. 그 말에 담긴 다정함이 좋았다. 모르는 사이로 남는 것이 괜히 아쉬워 번호 교환까지 했다. 여행하며 마주치면 맥주 한 잔 사 주겠다며 웃는 언니가 정말이지 멋있는 어른처럼 보였다.

3박 4일의 일정 동안 우리는 단 한 번도 마주치지 않았고, 내가 언니에게 혹은 언니가 내게 연락을 하는 일은 없었다. 하지만 그날 비행기에서 어머님과 언니와 나눴던 짤막한 스몰토크가 참 좋아서, 자꾸만 되새기고 싶었다.

여유가 부족했나?

전보다 많은 사람들을 내 곁에 두고 있는 요즘이다. 보다 많은 사람들에게 솔직할 수 있어 행복한 것 같다. 예전의 나를 되찾은 느낌이다. 전보다 단단해진 마음 덕분에 쉽게 무너지지 않는다. 멀어졌던 인연들을 다시 곁에 두기도 했다. 예전엔 마음에 들지 않았던 점들이 지금은 전혀 신경 쓰이지 않는 게 신기할 따름이다. 내게도 여유가 생긴 걸까. 그럼 그동안 그러지 못했던 건 내 마음이 힘들었기 때문이었나. 아니면 사람한테 기대하는 부분들이 관계의 깊이에 따라 조절이 되었기 때문일지도 모르겠다. 예전엔 모든 사람에게 내가 주는 만큼을 기대했다면 이제는 기대해도 되는 사람에게만 기대하는 것이다. 그러니 기대했던 것이 돌아오지 않아도 슬프지 않다. 우린 그 정도 사이가 아니었으니까.

관계라는 건 멀어졌다가도 친해지고 친해졌다가도 멀어질 수 있다는 걸 최근에 뼈저리게 느꼈다. 안 지 10년은 된 친구와 한순간에 멀어졌다가 다시 만나 예전처럼 대화를 나눴던 적이 있다. 예전의 그 모습은 되지 못하겠지만 각자의 자리에서, 여유가 될 때 만나서 서로를 응원하는 좋은 사이는 될 수 있겠다고 생각했다. 신기했다. 멀어졌던 타인을 내 마음속에 다시 들일 수 있게 된 내가. 다시는 그러지 못할 거라고 생각했는데. 아니면 내가 관계에 있어 다시는 상처받고 싶지 않아서 모든 마음의 문을 닫아 버렸던 탓도 있겠다.

그럼 지금 나는? 문이 다시 열렸나? 전보다는 열렸을지도? 여전히 친해지기 싫은 사람에게는 편견을 가지고 혼자 판단해서 문을 꼭꼭 닫고 있지만, 그럼에도 불구하고 누군가 그 문을 부수어 줬으면 하는 바람도 가지고 있다. 나에겐 그런 사람이 참 많았다. 잘 알지 못할 때에는 거리를 두고 싶고 그렇게까지 친하게 지내고 싶진 않았지만 시간이 지나면서 함께하는 시간이 길어지니 자연스럽게 마음이 열렸다. 앞으로도 그런 사람들이 내게 나타났으면 하는 아주 이기적인 마음을 가지고 살아간다. 나의 옹졸한 마음을 뚫어 줄 누군가를 기대한다. 생각보다 정말 별것 아닌 걸로 마음이 열리곤 했으니까. 비슷한 음악 취향 비슷한 영화 취향 내가 하는 세상에 대한 부정적인 생각 인간관계에 대한 가치관 연애관 혹은 웃음코드만 맞아도 내 마음은 열린다. 재밌으니까!

인간관계에 대해 생각이 굉장히 많은 편인데 그만큼 어느 정도 생각의 정리가 끝났다고 생각했다. 근데 그게 자꾸 변하고 있음을 느끼고 있는 요즘이다.

내 꿈에 그만 좀 나와!

가끔은 속이 너무 투명하게 보이는 꿈을 꾼다. 단순하게 엄청 맛있는 음식을 먹는 꿈. 그건 요즘 내가 먹고 싶은 음식이다. 사이가 안 좋아진 사람들이랑 엄청 잘 지내는 꿈. 사실은 잘 지내고 싶었던 거다. 하루는 손절한 사람 세 명이 꿈에 나왔다. 그 셋은 서로 알지도 못하면서 한꺼번에 꿈에 나와 예전처럼 나랑 같이 시간을 보냈다. 이렇게 인연이 끊긴 사람들은 종종 내 꿈에 등장하여 마음을 어지럽히고 간다. 사실은 그들과 잘 지내고 싶었나 보다. 꿈은 피하고 있던 날것의 마음을 있는 그대로 보여준다. 이정도로 솔직한 꿈은 따로 해몽을 찾을 필요도 없다. 원하는 것, 내 생각, 내 고민, 내 걱정을 여과 없이 보여 주니까.

그런 꿈을 꾸는 날이면 마음이 괜히 싱숭생숭하다. 무의식 속, 내가 정말 바라는 것들이 투명하게 나타나는 것이 부끄럽다. 어쩌면 시위를 하는 건지도 모른다. 바라는 것이 뚜렷하게 있는데 외면하는 본체에게, 무의식의 요구를 들어 달라고 매일 밤 시위를 하는 것이다.

'엽떡을 시켜 달라. 엽떡이 먹고 싶다! 먹고 싶다!'

'멀어진 친구 J, 사실은 잘 지내고 싶었던 거 아니냐. 연락해라! 연락해라!'

'그때 그거 너가 잘못한 거 알고 있지 않냐. 사과해라! 사과해라!'

엽떡을 먹고 나면, 연락을 하면, 사과를 하면 이런 꿈을 꾸지 않게 될까? 내 마음이 원하는 대로 해 줘야 하는 걸까.

종종 꿈에 나오던 친구 J가 있었다. 대학교에 들어온 후 처음으로 친해진 친구였던지라 사실은 애틋하게 생각하고 있던 친구였다. 때때로, 나만 그 친구를 그렇게 여기는 것 같아 서운한 마음이 든 적도 있었지만, 그래도 우린 꽤 나 좋은 친구 사이였다.

바쁘게 살다 보니 어느새 멀어진 J와 나. 사실은 작은 오해가 눈덩이처럼 불어나 J와 멀어지기를 선택하게 됐다. 더 정확히 말하면 사이가 멀어지도록 내버려 뒀다. 다시 붙잡고 싶었지만, 상처받을 내가 걱정됐고 미루고 미루다 시간이 너무 흘러버렸다. 그렇지만 난 J 꿈을 자주 꿨다. 꿈 속에서 우리는 언제 그랬냐는 듯이 친하게 지내고 있었고 나는 뭔가 이상하다고 생각했지만 J와 보내는 그 시간이 좋아서 모른 척했다. 하지만 꿈은 꿈일 뿐이라며, 연락하지 않았다. 그때 좋았던 것은 그냥 그 시간 속에 두고 흘러가고 싶었나 보다.

그 무렵 J가 내게 먼저 연락을 했다. 길고 뚱뚱한 카톡 메시지 하나. 신경을 쓴 듯한, 조심스럽지만 다정한 메시지였다. 그 메시지 속에는 J 역시 우리의 관계를 소중히 여겼고, 연락해 볼까 많이 망설였으며 결국엔 용기를 냈다는 내용이 있었다. 서운함 같은 찌질하고 속 좁은 마음은 모두 사라지고 먼저 용기 내 준 J의 마음만 보였다.

솔직한 이야기가 오고 갔고, 마음은 예전 같았다. 솔직하게 서로의 마음을 터놓을 수 있는 우리가 반가웠다. 맞아. 우리 다른 건 몰라도 대화가 참 재밌었는데, 잘 통했는데. 내가 이게 그리웠나 봐.

다음에 또 보자는 말을 끝으로 그날의 만남을 마무리했고, 그 다음부터 J는 내 꿈에 나오지 않았다.

사람을 흘려보내는 일에 익숙해졌다

밥 한번 먹자는 인사치레를 그냥 넘기기 싫어했고, 매일매일 약속을 잡았던 날이 있었다. 정말 '옷깃만 스치면 인연'이었다.

새롭게 알게 된 사람들과 대화하며 그들을 알아 가는 과정이 즐거웠다. 일상의 순간순간 마주치고 스쳐 지나가는 인연들을 소중하게 생각했던 것 같다. 그냥 사람을 많이 좋아했다. 사람을 좋아했던 만큼 외로웠던 걸지도 모르겠다. 혼자서는 채울 수 없는 20대 초반의 공허함을 사람들을 만나며 생기는 에너지로 채웠나 보다.

다양한 경험을 해 보고 새로운 사람들을 알아 가면서

내가 어떤 사람인지 알아 가는 과정을 겪었다. 그리고 나의 마음속엔 단단한 벽이 생겼다. 벽 안에는 벽, 그 안에는 또 벽이 만들어졌다.

그렇게 모든 사람들과 잘 지낼 수 있던 시절은 끝이 났고 나는 사람을 가리기 시작했다. 새로운 사람에게 쓰는 에너지를 아까워하고 그들의 마음을 의심하고 또 의심했다. 방어적인 사람이 되어 버린 것이다. 그렇게 많은 사람들과 멀어졌다. 예전 같았으면 그 멀어진 인연 하나하나에 연연하며 마음 아파했겠지. 이젠 그런 마음이 들지 않는다. 멀어진 것은 멀어진 대로. 끊어진 인연을 위해 노력하지 않는다. 때로는 아쉽다. 흘러간 수많은 좋은 인연들이.

그치만 또 인연이라면 다시 친구할 수 있겠지 하고 넘기게 되는 것이다.

대화의 온도

대화, 난 대화를 참 좋아한다. 어떤 대화는 내가 하는 고민이나 생각들에 대해 꽤 괜찮은 해답을 가져다주기도 한다. 그리고 말을 뱉으면서 내 생각이 함께 정리되는 그런 대화도 있다.

단순히 말을 주고받는 일은 쉽지만 '진짜' 대화를 나누는 일은 어렵다. 온도가 잘 맞아야 하기 때문이다. 대화가 끊기지 않고 잘 이어 가기 위해서는 그만큼 관심사나 가치관도 잘 맞아야 한다. 남이 듣기에는 별거 없는 가벼운 대화일지도 모른다. 가볍게는 연애 이야기, 무겁게는 인생 이야기, 주변에서 일어나고 있는 사소한 일상이나, 무겁지도 가볍지도 않은 작은 고민들. 그 대화 속에 담겨 있는 서로의 가치관이 다양한 주제의 이야기들과 맞물려 자연스럽고 잔잔하게 이어져야 한다. 내가 좋아하는 대화란 그런 것이다. 뜨겁게 혹은 차갑게 아니면 뜨뜻미지근하게도 오가는 대화. 뜨거울 때 같이 뜨겁고 차가울 때 같이 차가울 수 있는 그런 대화의 온도가 잘 맞는 사람이 좋다.

하루는 영상 동아리 후배 서윤의 자취방 집들이에 초대를 받은 적이 있다. 그날 정말 좋은 대화들이 오고 갔다. 집들이에 참여한 인원은 대충 열 명. 참석 인원 모두, 영상을 하겠다는 꿈이나 생각을 가지고 있어서 그런 걸까? 저마다의 가치관이나 주관이 꽤나 뚜렷했다. 각자가 표현하고 싶은 거나 생각을 확실히 가지고 있는 거다. 그게 너무 좋았다. 자신만의 생각이 확실한 사람들과 나누는 대화라 그런지, 대화의 흐름 자체가 흥미진진하다. 어느 누구도 '그런 걸 왜 물어봐?' 하지 않는다. 질문자보다 더 진지하게 답변해 준다. 자기가 생각하고 있는 것들을 하나씩 얘기하고, 그걸 열심히 듣고 거기에 대해서 또 얘기한다.

얘기하고

얘기하고

또 얘기하고

술을 마신다.

또 얘기한다.

딱 그런 밤이었다.

"너희는 사람은 변할 수 있다고 생각해?"

누군가는 말했다. 사람은 변하지 않는다고, 타고 태어난 기질적인 것들은 노력으로 바꿀 수 있는 것이 아니라고. 다른 누군가는 말했다. 사람도 변할 수 있다고, 노력해서 어떤 것을 유지한다면 그건 변한 것이라고 봐야한다고. 그리고 우리는 알았다. '각자가 생각하는 변한다의 기준이 다른 거라고.' 내가 생각하는 '사람은 변한다'와 네가 생각하는 '사람은 변한다'의 기준이 다른 거야. 애초에 논쟁이 불가능했네, 그 기준을 정의하고 얘기했어야 해! '사람은 변한다고 생각해?'에서 '기준이 다른 거야!'로 결론을 내리기까지. 서로가 하는 말을 듣고 말하고 듣고 말하는 것을 반복한다. 그들과 나눴던 그날의 대화들이 참 좋았다. 좋아서 자꾸만 곱씹게 되는 새벽이다.

정말이지, 이런 대화들이 참 좋다. 엠티 날 밤 호진 오빠와 두런두런 얘기했던 거, 회식에 끝까지 남아 있으면서 사람들과 얘기하던 것도 좋았고, 서영과 따로 만나서 얘기하던 거, 좋아하는 술집에서 배 찢어져라 웃던 거 (지금은 그때 왜 그렇게 웃었는지 기억나지 않는다).

그들과 대화를 나누면 나도 날 이해하지 못해서 생각이 꼬리에 꼬리를 물어 고민했던 것이 사라진다. 그게 좋다. 너무 좋아서 자꾸만 대화, 대화, 대화가 잘 통하는 사람, 말 하게 되는 것 같다. 대화를 통해서 내가 나를 더 잘 알게 되기도 하는구나. 나만 그런 생각을 하면서 사는 줄 알았는데 그런 것만은 또 아니었구나.

우리 모두 다양한 생각을 하면서 사는구나. 이런 생각도 할 수 있는 거구나.

다정했으면 좋겠어

인턴으로 근무 중이었을 때, 동생이 판교에 놀러 왔다. 빠르게 돌아다니며 구경을 시켜 주고, 함께 식사를 하기 위해 버스를 타려고 했는데, 버스 기사님께서 나를 보고 환하게 웃어 주셨다. 버스를 타면서 단 한 번도 그런 환대를 받은 적이 없었는데…. 환하게 웃어 주시는 기사님 덕에 괜히 기분이 좋아져서 크게 인사했다. 사실 평소에도 버스를 타면 기사님께 가볍게 고개를 끄덕이며 인사를 하는 편인데 그렇게 크고 발랄하게 인사해 본 건 처음이었다.

"감사합니다. 기사님!" 하며, 내릴 때도 크고 밝게 인사했더니 "고마워요. 학생도 조심히 가요!" 하고 더 크게 인사해 주시는 것이다. 별거 아니지만 기사님의 그 순간, 기사님의 그 인사가 되게 따뜻하게 느껴졌다.

인사 그거 진짜 별거 아니지만 정말 따뜻해졌다. 내 마음이.

따뜻함은 아무래도 다정함과 친절함에서 나오는 거겠지. 그럼 난 다정함과 친절함이 이길 수 있는 세상이 됐으면 좋겠어. 세상은 점점 무서워지고 각박해지고 있지만 다정함 친절 성실 노력 긍정 같은 것들이 각박하고 무서운 세상을 이겨 냈으면 해. 그래서 우리 모두가 서로에게 다정해지고 친절해질 수 있길 바라.

다들 그냥 두렵고 불안한 거잖아. 그러니 다정하게 서로를 대해 줬으면.

관계라는 것은 깊게 생각할수록 복잡해진다

상대를 알아 갈수록 기대하게 되니까 더 어려워진다. 관계를 단단하게 쌓아 나가면서 추억이 생기고 소중한 마음이 모인다. 그렇게 소중하게 여기고 싶은 사람들이 생긴다. 하지만 가끔은 그런 생각을 한다.

'나만 진심인 건가.'

적당히 친한 사람에겐 그런 마음이 들지 않는다. 오직 내가 정말로 아끼는 사람에게만, 정말로 마음을 준 사람에게 느끼는 마음이다. 내가 상대를 생각하는 만큼 상대는 나를 생각하지 않는다는 생각이 들면 우습게도 서운해진다. 그들을 대하는 나의 태도는 마치 짝사랑을 하는 사람 같다. 나는 좋아하는 사람에겐 정말 진심인 사람이라, 친구 한 명 한 명을 깊게 신경 쓴다. 그들에게 무슨 일이 생긴 것 같으면 알고 싶고 내가 해결해 주고 싶다. 해결해 주진 못하더라도 이야기를 들어 주며 그들의 마음이 조금이라도 편해지길 바란다. 반대로 나에게 무슨 일이 생겼을 때, 그것이 기쁜 일이든 슬픈 일이든 화나는 일이든 간에 친구에게 털어놓는다. 내가 입을 여는 건 그들을 믿기 때문인 거다. 나는 그렇게 나를 솔직하게 보여 주는 것을 좋아한다. 그들도 나에게 솔직하길 바란다. 그런 투명한 관계, 솔직한 관계에서 주고받는 마음들을 좋아한다.

갑자기 멀어진 친구 B가 있었다. 사실은 내가 멀어지기를 택한 친구였다. 멀어지는 것을 진작에 알고 있었는데 멀어지도록 내버려 뒀다. B와 나를 동시에 아는 친구 C가 이야기해 준 건데, B는 내가 자기에게 화가 난지도 모를 것이라고 했다. 그냥 뭔 일이 있나 보다 하고 말지, 멀어졌다고 생각하지 않는 것 같다고 했다. 'B랑 나는 정말 다르구나.' 머리가 살짝 띵-해지며 새로운 걸 알았다.

'다른 거구나.'

괜히 싱숭생숭한 마음에 툴툴거리는 내게 혜원이 말한다.

"연락이나 대화 방식, 스타일, 말투도 너무 다르니까, 내 잣대에서 볼 때는 서운한 일도 생기는 거 같아. 그리고 오래 가는 친구는 그만큼 잘 맞아서 그런 것도 있는데 서로 알아 가고 조율해 나가는 걸 암묵적으로 잘 한 관계 같아."

서로 알아 가고 조율해 나가는 걸 암묵적으로 잘 한 관계. 사실은 내가 정말 바라 마지않는 관계이다.

이걸 한마디로 말하면, 결이 잘 맞는 거다. 굳이 말로 표현하지 않아도 서로가 불편해하는 지점을 잘 알고 건드리지 않는다. 유머코드가 비슷해서 어떤 말을 해도 웃기고 대화가 끊기지 않고 잘 이어진다. 가볍고 무거운 이야기들을 거리낌 없이 나눌 수 있다.

나랑 잘 맞는 사람들은 이런 사람이구나. 그리고 지금은 그게 혜원이라서 좋았다. 혜원과 나누는 편안하지만 재밌는 대화들. 비슷한 생각, 비슷한 결. 그게 너무 좋았다.

깊게 생각하면 복잡해지는 인간관계, 하지만 그만큼 곁에 있는 사람들에게 감사하게 된다.

그 어려운 걸 우리가 해내고 있는 거니까!

이 노래 들어 봐

몇 년 전, 누군가 내게 좋아하는 사람의 취향이 자신의 것이 되어 버렸다는 이야기를 들려줬다. 그 이야기가 꽤나 흥미롭게 느껴졌고, 나에게도 그런 것이 있었나 하고 생각해 봤다.

정말 놀랍게도 단 하나도 없었다.

사실 나는 심각한 '금사빠'인 데다, '금사식'이다. 누군가를 금방 사랑하게 되고, 그 사랑이 금방 식어 버린다는 뜻이다. 양은냄비가 따로 없다. 친구는 날 '냄비세정'이라고 (세정은 나의 본명이다) 불렀다. 줄여서 냄세다. 냄세.

사랑에 빠지는 속도가 빠른 만큼 많은 사람을 사랑했다. 사랑이라고 하니 거창하게 느껴지지만, 일정 기간 동안 좋은 감정을 품었다는 정도로 정의하겠다. 그만큼 많은 짝사랑을 했고 연애를 한번 시작하면 퐁당 빠져 버리는 사람인데도. 좋아하는 사람의 취향을 내 것으로 취할 정도로 깊게 빠져 본 적이 없었다.

오래전에, 학창 시절 첫사랑(이라고 생각할 만한 친구)의 인스타를 우연히 발견해서 염탐했다. (이제는 하지 않는다. 믿어 주라) 그의 인스타그램 계정 하이라이트에 빼곡히 올라와 있는 노래 중 가장 맘에 들던 노래를 골라 들어 봤다. 그 가수를 시작으로, 다양한 장르의 노래를 듣기 시작했고, 그렇게 내 취향을 만들어 갔다.

그런데 생각해 보면, 이건 내가 그 친구를 좋아하면서 좋아하게 된 게 아니잖아? 나중에 찾은 거고… 지금은 그 친구를 좋아하는 상태는 아니니까. 논외라고 생각하기로 했다. 에잇. 낭만적이지 않아.

애초에 나는 상대에 대한 파악이 끝난 상태에서 사랑에 빠지지 않는다. 그의 단편적인 어떤 면을 보고, 그것을 과장하여 만든 허상을 좋아하기 시작한다. 사람을 좋아하는 법도 제대로 몰랐나 보다. 급한 성격이 여기서 또 나타나는 부분이다. 앞서 언급한 '그' 첫사랑 역시, 제대로 된 관계가 만들어진 상태에서 시작한 '사랑'도 아니었다. 하긴 뭐, 중학교 2학년이 뭘 알겠냐고.

다시 원점으로 돌아와서, 좋아하는 사람의 취향이 내 취향이 되는 일은 여전히 어렵다. 나를 참 많이 좋아해줬던 친구가 있었다. 그가 내가 좋아하는 것을 좋아했으면 하는 마음에, 좋은 영화, 좋은 노래를 자주, 많이 추천했다. 그는 하얀 도화지 같은 사람이었고, 그의 도화지는 내 취향으로 충분히 물들어 갔다. 하지만 가끔은 내가 추천하는 것들이 정말로 좋아서 좋다고 하는 건지, '내가' 좋아서 좋은 '척'하는 건지 헷갈렸다. 그건 또 싫었기 때문이다.

반대로 그가 좋아하는 것을 나는 좋아하지 않았다. 그의 취향은 나의 취향이 되지 못했다. 아. 그거 내 취향 아니야, 라고 생각하며 고려조차 하지 않았다. 고집이 강한 걸까, 아니면 마음이 그 정도였던 걸까. 그런 관점에 있어서, 그때 그가 내게 줬던 사랑이나 관심이 대단하다고 생각한다. 좋아하는 사람의 취향을 받아들이기… 자아도, 호불호도 강한 내가 할 수 없었던 사랑의 방식이 퍽 낭만적으로 느껴진다.

그러나, 또 한편으로는 이런 생각을 한다. 과연 그가 나 없이도 내가 추천했던 영화나 노래를 즐겨 들었을까? 내가 이 노래 좋다고 들어 보라고 했던 것들, 정말 들었을까? 이 노래 들어 봐, 들어 봐. 좋지? 좋지? 했던 거. 정말 좋아서 좋다고 해 줬던 걸까? 괜히 그런 생각. 그런 생각 했다. 평소와 같이, 내가 좋아하는 노래를 들으면서.

변하지 않는 것도 있구나

어제는 친구를 만났다.

내가 참 좋아했던 친구다. 늘 쿨하고 나보다 어리지만 언니 같고 뭔가 기대고 싶은 사람이었다. 내가 무언가를 털어놓으면 나는 생각지도 못했던 방향으로 무언가를 제시하던 사람. 그래서 더 친해지고 싶었는데 사실은 친해질 방법을 모르겠어서 다가가기 어려웠다. 돌이켜 보면 내가 너무 어려서(정신연령을 의미한다) 이해하지 못했던 것도 있었던 것 같다. 같은 동네에 살아서 가볍게 만나기 좋았다. 종종 만나서 서로의 연애 고민이나 진로 고민을 털어놨다. 하지만 둘 다 '인간 싫어' 와 '뭐 해 먹고 살지' 병에 걸려 동굴로 들어간 후 소식이 뚝 끊겨 버렸다.

다행스럽게도 블로그 이웃이 되어 있었고 오랜만에 글을 올린 친구에게 연락해 봤다. 어색하고 낯설었지만 쿨한 척했다. 오랜만에 연락하는 이 상황이 나에겐 정말 자연스러운 것처럼 행동해야 할 것 같았다. 그 친구는 늘 쿨하고 멋있었으니까. 사실은 연락하는 것을 망설였고, 뭐라고 할지 고민했고, 답이 안 오면 어떡할지 걱정했다는 걸 숨겨야 할 것 같았다. 그런데 정말 바보 같지. 그런 게 어딨어 친구사이에.

친구를 만나는 날이 되어 약속 장소에 도착했다. 뭐가 그리 급했는지 30분이나 일찍 도착했다. 나를 반겨 주는 친구의 제스처가, 말투가 좋은데 좋으면서도 어색해서 그냥 웃었다. 어색한 분위기가 점차 풀리고 우린 그간의 이야기를 돌아가며 털어놓았다. 나도 친구도 많이 커서, 많이 느끼고 배워서 다양한 이야기를 할 수 있게 됐다. 그게 너무 좋았어. 새내기 시절의 추억팔이 지나간 사랑 이야기, 지금, 앞으로의 삶, 연프 과몰입, 연애 가치관, 인생 가치관… 쉴 새 없이 이어지는 이 대화 플로우가 참 좋다.

아 맞아. 나랑 앤 이랬지. 동네에서 산책할 때도, 술을 마실 때도 매번 엄청난 이야기를 나눴던 것은 아니었지만 참 재밌었어. 대화가 참 잘 통했어. 서로의 이야기를 잘 들어 주고 새로운 방향을 제시해 주곤 했지.

꾸준히 연락하지 않았다고 해서 무조건 멀어지는 건 아니구나. 그런 줄 알았는데… 세상에는 다양한 형태의 관계가 있는 거구나. 변하지 않는 것이 있어 좋다. 좋은 기억이 그대로 남아 다시 이렇게 웃으며 볼 수 있는 날이 오는구나. 너무 편협하게 생각하지 말아야겠다. 떠나는 인연 붙잡지 말고 오는 인연 막지 말라는 말은 그래서 나왔나 보다. 떠났다가도 다시 올 수 있으니까. 그러면 그것도 막지 말라고. 떠나는 것도 그건 그 사람의 사정이 있었을 테니 너무 마음 쓰지 말라는 뜻이겠다.

아 좋다. 왜 이렇게 기분이 좋지.

주변에 좋은 사람이 많은 걸 다시 확인받아서 그런 걸까. 아니면 그래도 내가 잘 살았다고 생각하게 돼서?

헛헛했던 마음이 꽉 채워지는 기분이 들었다.

고마워 영서야.

나 반가워해 줘서.

나도 반가웠어. 무지무지.

나는 복도 많다

그 시절 비디오 클립 속 내가 수십 번을 외쳤던 말.

“아 심심해. 뭐 하지. 아 참! 나는 복도 많다!”

우리 엄만 복이 많다고 외치고 다녀서 복을 받게 된 것 같다고 했다. 늘 감이 좋았고, 상황이 잘 따라 주었다. 하고자 하는 것이 있다면 어떻게든 했다. 엄청난 노력 없이도 어느 정도는 따라갈 수 있는 센스가 있는 것 같다. 쓸수록 너무 자기 자랑 같지만 그렇다는 거다. 복이 있나 보다. 그냥 그렇게 믿고 싶은 걸지도 모르지만.

그중에 제일 좋은 건 역시 인복이 아닐까 싶다. 내 주변엔 좋은 사람이 참 많다. 여러 사람을 알게 되고, 그들과 가까워지고 멀어지고를 반복하며 느꼈던 것은 결국 좋은 사람들은 내 곁에 남았다는 거다. 오늘도 좋은 사람들과 좋은 시간을 보냈다. 냅다 만나서 영화를 보고 게임을 했다. 그냥 즐거웠다. 특별한 것을 하지 않아도 이렇게 즐거울 수 있다. 행복의 역치가 낮은가 보다. 그것도 내 복인 걸까?

난 돈을 그렇게 많이 벌고 싶단 생각도, 명예를 얻고 싶지도 않은 것 같다. 그냥 이렇게 내가 좋아하는 사람들이랑 좋아하는 거 하고 싶다. 영화를 보고, 맛있는 걸 먹고 가끔 뮤지컬도 보고 여행도 가고 의미 있는 대화, 시답지 않은 농담하는 거. 그러기 위해서는 돈을 벌어야 하는 거고, 그 때문에 직업을 구해야 하는 거지. 그럼 이게 내 목표가 되는 거다. 내가 살고 싶은 좋은 삶이란 건. 그런 것이다.

인복 인복 외치고 다니며 나는 복도 좋다 하고 외치고 다니는 날 보면서, 예전의 내 모습을 되찾은 것 같아 기쁘다고 생각했다. 요새 정말 사람 좋다는 말 많이 하는데,

좋을수록 더 말하고 다니고 싶다. 주변에 좋은 사람밖에 없어서 더 이렇게 외치고 싶은 건가 보다….

나는 정말 복도 많다. 이렇게 좋은 사람들이 곁에 많으니까.

그리고 나에게 온 복을 이렇게나 잘 알고 있으니까.

그럼 또 한 번 외쳐 볼까. 나는 복도 많다!

그래도 좋은 사람이 되어 주고 싶어

모두에게 좋은 사람이 되는 건 진작 포기했다. 그런데도, 누군가에겐 좋은 사람이 되고 싶다.

고민이 있을 때, 도움되는 말을 해 줬던 사람, 복잡한 일이 생기면 털어놓고 싶을 정도로 이야기를 잘 들어 주는 사람, 힘든 일이 생겼다면 생각나는 사람, 누군가에게 의지가 되는 사람.

그런 존재가 되고 싶다.

나는 말이지, 결국은 사람을 좋아하는 인간이라서, 결국 사람으로부터 힘을 얻고 사람 덕분에 행복할 줄 아는 인간이라서, 좋은 사람이 되어 좋은 사람들이랑 있고 싶다.

요새는 베푸는 것이 좋다.

그만큼 많이 받아서 그런 것일지도 모른다. 받은 만큼 성숙해졌고 그래서 지금의 내가 있는 것이다. 그만큼 나도 남들에게 베풀며 살고 싶어졌다. 누군가에게 해 주는 것이 즐겁다. 예전에는 내가 챙겨 준 만큼 돌려받지 못하면 괜히 서운해졌다. 하지만 돌려받지 않을 마음이라고 생각하고 베푸는 게 맞는 것 같다. 내가 베풀고 싶은 마음이고 해 주고 싶었던 거니까. 그건 어디까지나 내 마음의 영역이다.

돌이켜 보면 사람으로부터 받은 게 참 많다. 나도 그들에게 해 준 것이 있을까? 그 반의 반이라도 베풀었을까. 솔직히 확신에 찬 답은 나오지 않는다. 받은 만큼 돌려주지 못한 마음이 아직도 많이 남아 있다.

더 잘해야지, 잘해야지 하면서도 각자의 인생 살기가 바빠 돌아보지 못하는 요즘이다.

나는 좋은 사람일까.

좋은 사람이 되려는 노력은 충분히 해 왔을까.

취향이 있는 사람들은 매력적이다

좋아하는 것과 그렇지 않은 것의 구분이 있는 점이 좋다. 좋아하는 것에 대해 말하는 사람의 반짝거리는 눈빛도 좋다. 싫어하는 것에 대해 말하는 것도 참 재밌다. 나랑 싫어하는 포인트가 비슷하기라도 하면 더 재밌다. 취향이 있는 사람과의 대화는 뭔가 생기가 도는 것 같은 느낌이 든다. 반짝거리며 자신이 좋아하는 것을 말하는 사람의 에너지가 좋은가 보다.

상대가 좋아하거나 싫어하는 것이 무엇인지 궁금하기도 하지만, 사실 그 대상을 좋아하는 이유나 싫어하는 이유가 더 궁금하다. 취향이 겹치지 않아도 무언가를 좋아하거나 싫어하는 이유의 결이 비슷한 사람은 대체로 나와 잘 맞았다. 호불호가 명확하고, 그 호불호에 대한 이유가 명확하다는 것은 그만큼의 기준이 잡혀 있는 사람이라는 뜻이기도 하다.

남들이 하는 거 다 해 보는 것도 좋지만, 이왕이면 내가 좋아서 하는 게 좋다. 혹자는 이 세상엔 완전한 자기 취향이라는 것은 존재할 수 없다고 한다. 우리는 외부의 영향을 끊임없이 받으며 살기 때문에 우리가 취향이라고 생각하는 것들 역시 남을 통해 만들어질 수밖에 없는 거라고. 생각해 보면 내 취향도 계속 변하고 있다. 계속 새로운 것들이 들어와서 그런 거겠지. 취향이 뚜렷한 사람을 매력적이라고 느끼는 것 역시 그 사람의 취향으로부터 나오는 새로운 인풋을 기대하기 때문일지도 모르겠다.

3장

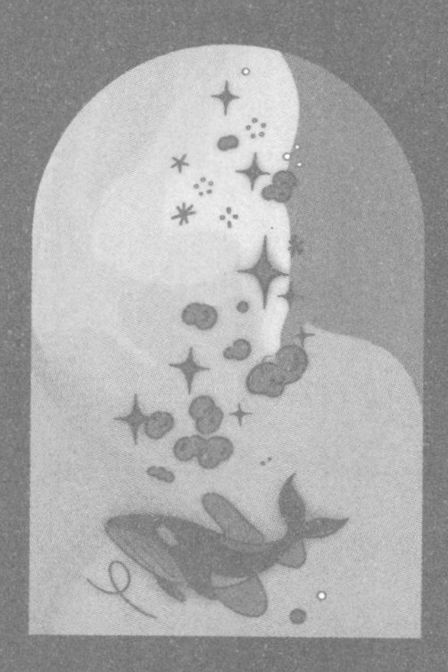

나를 채워 가는 법도 알아야 해

외로움

인간이라면 누구나 마음속에 외로운 감정이 있기 마련이고, 우리는 그 외로움을 다른 누군가가 채워 주길 바란다. 하지만 외로움은 타인이 해결할 수 있는 감정이 아니다. 자신의 외로운 마음을 보듬어 줄 수 있는 것은 오로지 나 자신밖에 없다는 사실을 알아차려야 한다.

외로움을 드러내는 일은 어쩌면 부끄러운 일인지도 모른다. 따라서 우리 모두 외롭지만, 외롭다는 사실을 숨기며 살고 있는 것 같다. 연애가 하고 싶다고 외치는 법은 알았어도 인간 본연의 외로움으로 인한 헛헛한 감정을 받아들이는 방법은 모른다. 외로움을 해결하기 위해 노력하고 있다는 사실을 굳이 말로 하는 사람은 없다. 어쩐지 좀 찌질한 감정이기 때문인 걸까.

하지만 사람이라면 누구나 관심 받고 싶고, 사랑받고 싶고, 이 험한 세상 속에서 혼자가 아니라는 것을 매 순간 확인받고 싶어 한다. 그렇지만 그 마음이 자연스러운 감정이라는 것을 받아들인다면 마음이 편해진다. 내가 이 외로운 마음에 잠기지 않도록 더 가꿔 주면 되는 것이다. 나를 위한 시간으로 이것저것 채우고 나면 그만큼 또 성장해 있을 나를 발견하게 될 것이니까.

이런 나도 정말 외로울 때가 있다. 가족, 친구, 연인과 시간을 보내는 것은 결국은 순간이고 그들이 없는, 나 혼자 남겨진 순간을 온전히 나로 채우는 일이 어렵게 느껴지는 날이 있으니까.

그렇게 외로움을 느낀 날, 내가 가장 먼저 하는 일은 마음속 깊은 곳에서 사람을 밀어내는 것이다.

'우리 그렇게까지 친하지는 않았지?'

'우리 그냥 그 정도 사이밖에 안 된 거지.'

이렇게 생각하며 사람에 대한 정을 조금씩 떨어트린다.

겉으로 티 내지 않지만 속으론 사람들을 밀어내며 나를 혼자로 만든다.

'인생은 어차피 혼자니까. 나는 혼자여도 괜찮아.'

나도 모르게 사람들에게 실망하고 내가 정한 테두리 밖으로 사람들을 밀어낸다. 분명 상처받기 싫어서 괜히 날을 세우는 거다. 1인 시위라도 하는 것 같다. 누가 나 힘든 것 좀 알아봐 줬으면 좋겠어서. 하지만 내가 힘든 것은 나만 안다. 남들이 알아준다고 해서 나의 외로움이 해결되는 것도 아니다. 결국 힘들어하는 것도 이겨 내는 것도 모두 내 몫이니 적당히 하고 주변 사람들에게 더 잘하는 편이 현명한 것이다.

하루는 친구 지원과 외로움에 대한 이야기를 나눴다. 내가 아는 사람 중에 가장 야무진 친구인 지원은 학교 생활, 연애, 댄스동아리 활동 등 뭐 하나 빠지는 것 없이 완벽하게 해내는 사람이다. 비교적 빠르게 '취뽀'에 성공한 지원을 만나 취준 과정에서 오는 헛헛함이나 외로움에 대해 이야기했다.

"우리가 이렇게 사는 것이 맞을까?"

"결국은 회사원이 되려고 오래도록 달려왔나."

"나에게 더 맞는 길이 있지 않을까."

"마음속 깊이 내가 원하는 다른 꿈이 있지 않을까."

"취업한 친구들은 이미 앞으로 내달리고 있는데 나만 여기 멈춰 있는 것 같아."

푸념인지 하소연인지 모를 힘 빠지는 대화가 오고 가던 중, 지원이 내게 해 준 말이 있다.

"취준하면서 생각도 많아지고 우울해지기 쉽잖아. 난 그럴수록 페르소나를 많이 만들어 두는 게 중요하다고 생각해."

페르소나를 많이 만들어야 한다는 지원은 여섯 가지 페르소나를 가지고 있었다. 집안의 막내, 회사에서는 신입사원, 혼자 있을 땐 뜨개질 마니아, 댄스 동아리에서는 왁킹고수, 친구들이랑 있을 때는 활발하고 발랄한 지원. 그렇게 페르소나를 여러 개 만들어 두고 특정 페르소나에서 상처를 받았을 때, 다른 페르소나에서 힐링을 한다고 했다.

외로운 감정을 해결하는 것도 이와 별반 다르지 않다고 생각했다. 주변에 좋은 사람을 많이 두고 내가 가진 외로움을 반으로, 반을 또 반으로, 반의 반을 또 반으로 나눠서 조금씩 해소하면 되는 것이다. 나의 헛헛한 마음을 채워 줄 마법같은 사람은 존재하지 않는다.

내 마음은 내가 챙겨야 한다.

생각이 많아

나는 늘 정답을 찾고 싶어 하는 것 같다. 어떠한 생각이 들면 그 생각이 꼬리에 꼬리를 물고 이어지며, 스스로를 납득시킬 수 있는 결론이 나올 때까지 계속 생각한다. 생각 하나가 떠오르고 그 생각을 해결할 결론이 나오면 좋겠지만 여러 생각들이 동시다발적으로 튀어 올라서 날 괴롭게 한다.

그런 날이 한참 동안 계속되었다. 잠도 못 자고 늘 피곤에 시달렸다.

아마 나는 평생 생각하며 살 것이다. 무엇이 정답인지도 모르면서 정답을 찾을 때까지. 하지만 때로는 정답이 없는 것도 답이다. 그러니 고민에 답이 없다면 생각을 그만하는 것이 정답일 수도 있다. 머리로는 잘 알고 있지만 생각하는 것을 멈출 수 없다.

그렇게 생각이 꼬리에 꼬리를 물고 이어지는 날이면 글을 쓴다. 정리되지 않은 날것의 생각들을 두서없이 적어 내려가며 나를 다독이기 위함이다. 그때 내가 적은 생각들은 다음과 같다.

자야 해… 그리고 실제로 잠이 오는데 자기 싫다. 이런 더러운 기분으로 자기 싫다는 생각이 드는 게 가장 정확할 것이다. 그럼 무슨 기분이 들어야 자고 싶어질까. 나는 분명 여기에 존재하는데 어딘가 빙빙 떠도는 느낌이 든다. 현재에 충실히 살아야 하는데 그게 잘 되지 않아서 과거랑 미래를 동시에 왔다 갔다 하며 기분이 나빠진다. 지금도 분명 침대 위에 누워 있는데 정신은 다른 곳에 가 있다.

하하호호 친구 잘 만나고 집에 오면 또 빙빙 돈다. 마음이 붕 뜨고 내가 요새 뭐 하고 있는 건가 싶고 마음은 복잡한데 복잡한 마음을 정리하는 방법은 또 모르겠어서 그냥 그렇게 시간을 흘려보낸다. 또 늦게 자는 거다.

내가 원하는 게 무엇인지 정확히 모르겠다. 나도 모르는 걸 누군가 채워 줬으면 좋겠다고 생각하는 것 같다. 그걸 채워 줄 사람이 아무도 없으니 외롭고 오지도 않을 연락을 기다리게 된다. 이런 이상한 마음이 자꾸 드는 걸 보면 연말은 연말인가 보다. 헛헛하고 이상한 마음이 자꾸만 올라오는 거지. 어쩔 수 없나 보다.

내가 나를 모르는데 누가 나를 알아줄 수 있을까. 외로울수록 자꾸 나를 고립시키는 버릇은 심해진다. 마음속으로 자꾸 자꾸 사람을 밀어내게 된다. 내가 밀어낸 것이니까 언젠가 사람들이랑 다 멀어지는 날이 와도 나는 괜찮아. 라고 생각하고 싶은 것 같다.

내가 봐도 나는 진짜 어렵다. 뭘 원한다는 건지 모르겠으니까.

그래서 뭐 혼자 있고 싶다고? 근데 혼자 있으면 외롭다고? 누가 알아줬으면 좋겠는데 또 너무 가까이 다가오는 건 싫다고.

'알잘딱' 해 줬으면 좋겠는데 그런 '알잘딱'이 100프로 되는 사람이 없다고.

이 메모를 작성한 지 두 달이 되었다. 하지만 정말 신기하게도 지금은 그때와 같은 붕 뜨고 헛헛한 마음이 전혀 들지 않는다. 그런 마음이 들었던 것은 순간일 뿐이구나.

지나고 보니, 정말 아무런 생각도 아니었다는 게 우습게 느껴질 뿐이다.

누가 해결할 수 있는 문제도 아니고, 답이 정해진 문제도 아니었다. 그냥 정말 지나갈 마음이었다. 어차피 지나갈 마음이라면 너무 오래 마음 쓰지 말 걸 그랬다. 어차피 지나갈 거라면.

모든 생각에 해답을 찾아 주는 것도 그만둬야겠다.

모든 문제에 답이 존재하는 것이 아니라는 걸 알아냈으니!

가끔 나는 내가 너무 맘에 든다

이렇다 할 근거는 없지만 뭔가 스스로가 마음에 드는 상태가 될 때가 있다. 단순한 자존감의 문제는 아니다. 자존감은 원래 낮아지기도 하고 높아지기도 한다. 그냥 어떤 날은 내가 하는 생각들이 참 마음에 든다. 어떤 생각들의 결론을 찾아내고선, 나 어떻게 이런 생각들을 해냈지? 하고 감탄하게 되는 것이다. 예전에 쓴 글을 보며 좀 친다고 생각한다거나 내가 예전에 그린 만화가 마음에 든다. 내가 봐도 너무 재밌다. 내 얼굴도 정말 가끔씩은 꽤나 마음에 든다. 주근깨도 많은 거랑 동그랗게 생긴 코는 마음에 안 들지만 전체적인 생김새가 마음에 든다. 하나씩 따로따로 놓고 보면 그렇게 예쁘진 않지만 조화가 있다는 생각이 들곤 한다. 그래서 그냥 마음에 들어 하기로 했다. 내가 나를 마음에 들어 하면 그뿐이다. 특별한 것은 없지만 잘 굴러가고 있는 내 하루하루도 마음에 든다. 순간순간에 최선을 다하며 충실하게 살아가고 있다. 꽤나 괜찮은 것들이 나를 구성하고 있다. 그동안의 내가 나를 잘 만들어 온 것 같다.

생각해 보면 지금 내 모습은 어느 날 갑자기 나타난 게 아니다. 하루를 살아가고 다양한 사람들을 만나고 그들과 부딪히고 깨지며 깨달음을 얻는 것을 반복하고 있다. 그렇게 매일 새로운 내가 더해진다. 그렇게 생각하면 정말 허투루 보낼 시간이 없다. 자꾸만 무언가를 더 하고 싶어진다. 하루하루가 소중해진다.

그런 날은 그렇게 스스로를 마음에 들어 할 뿐만 아니라, 내 곁에 있는 사람들도 마음에 들어 하기 시작한다. 내 곁에는 정말이지, 좋은 사람들밖에 없는 거 같아. 나와 결이 잘 맞는 사람들. 언제라도 마음을 깊이 나눌 수 있는 대화를 할 수 있는 사람들. 많은 사람을 사귀기보다는, 잘 맞는 소수의 사람들을 가까이하는 편인 나는 종종 그렇게 곁에 있는 사람들을 돌아보고는 하는데, 돌아볼 때마다 그들이 너무 소중해져서 벅차오르기까지 한다. 어떻게 이렇게 잘 맞는 사람들만 곁에 둔 거지? 나도 참 대단해! 결국 또 내 자랑이다. 나는 내가 너무 좋아! 나는 짱이야! 그리고 나는 내가 그들을 대하는 방식도 마음에 든다. 솔직하게 사람을 대하는 법을 알고 있다. 그게 단점처럼 느껴지는 순간도 분명히 있었지만, 결국에는 그것이 나에게 맞는 방법이라는 걸 배웠다.

하루는 이삿짐을 정리하다 중학교 친구가 써 준 편지를 발견했다. 그리고 편지에는 이런 말이 적혀 있다.

생각해 보면 너 같은 친구 만나기도 어려웠어. 다른 애들 보면 계속 오해 쌓이고 그랬지만 너만큼은 아니었어. 항상 먼저 솔직하게 풀어 줘서 고마워.

나는 내가 많이 변했다고 생각했는데, 그때나 지금이나 솔직함은 한결같이 남아 있나 보다.

하지만 동시에 나에게 있는 이 솔직함이 언젠가 사라질지도 모른다는 생각이 들었다. 학생 때처럼, 누군가를 솔직하게 대하지 못하는 순간이 올지도 모르겠다는 생각. 대화를 위한 대화, 일적인 대화 속에 진짜 나를 감추면서 살아가게 될지도 모른다. 하지만 지금은 충분히 솔직할 수 있으니, 솔직하게 사람들을 대하고 싶다. 내 진심을 보여 주고, 그들의 진심을 보고 싶다. 어쩌면 욕심일지도 모르지만.

내가 좋아하는 것이 선명해지는
순간을 좋아한다

지금보다 더 어렸을 때 난 주관도 취향도 없는 무매력의 인간이었다. 남이 하자는 거 하고 뭐가 좀 마음에 안 들어도 무난하게 넘어갈 수 있는 사람이었다. 둥글둥글하게, 모나지 않고 좋은 게 좋은 거라고 생각하는 사람. 그게 20대 초반의 내 모습이었다. 남들에게 맞춰 주는 것이 조금 더 편할 뿐이었다.

내가 내 취향을 발견하기 시작한 것은 2020년즈음, 코로나 유행이 심해질 무렵이었다. 당시 나는 노래 발굴이라는 취미를 가지고 있었는데, 남들이 잘 알지 못하는 내 취향의 노래들을 찾아내는 것을 좋아했다. 그렇게 점점 더 노래를 찾아 들으며 내 취향을 완성할 수 있었다.

내가 좋아하는 노래들이 가진 공통점은 없다. 그냥 딱 틀었을 때, '이거 내 노래다' 하고 생각하게 만드는 것이다. 그렇게 노래를 좋아하게 됐다. 평범한 일상도 좋아하는 노래 한 곡만 있다면 달라진다. 같은 일상이라도 다른 노래를 들으면 장르가 바뀐다. 어떠한 서사 속의 주인공이 된 것만 같은 생각이 든다. 그렇게 노래에 대한 취향과 기준이 생겼고, 뭐든 좋아하던 나에게 뚜렷한 호불호가 생긴 시점이었다.

노래 발굴 취미 말고도 당시 내가 즐겨하던 것이 있는데, 바로 넷플릭스 파티 기능으로 공포영화를 보는 것이었다. 넷플릭스 파티 기능은 동시에 넷플릭스에 있는 영화를 시청하면서 채팅을 칠 수 있는 크롬 확장 프로그램이었는데, 공포영화를 좋아했던 언니, 오빠들과 넷플릭스에 있는 공포 영화를 '도장깨기'했다.

사실 공포영화는 저예산으로 만들어지는 경우가 많고

플롯 자체가 단순한 편이라서 잘 만들어지기가 어렵다. 그래서 사실상 우리가 했던 공포영화 도장깨기의 반 이상은 실패했다. 우리끼리는 '대학 연합 공포 영화 감상 동아리'라고 부르며(그런데 이제 회원이 세 명인) 영화를 감상하고, 별점을 주고 채팅을 치면서 영화를 욕했다. 영화 자체를 즐기기보다, 영화 씹는 것을 즐겼던 것 같다. 그렇게 영화를 많이 보면서, 좋아하는 영화와 싫어하는 영화에 대한 내 기준이 생겼다. 예고편만 봐도 스토리가 예상되는 영화는 싫고, 여러 번 보면서 곱씹고 싶은 여운이 있는 영화는 좋다. 연출, 미술, 연기 등 다양한 요소가 잘 어우러지는 영화가 좋고 어디서 본 듯한 짜치는 연출은 싫다.

노래는 들을수록, 영화는 볼수록, 나만의 취향이 뚜렷해진다.

그래서 좋다. 할수록 명확해지는 것이. 내가 나를 만들어 가는 좋은 방법 같다.

되고 싶은 사람

외유내유의 정석이라는 말이 잘 어울리던 시절이 있었다. 유리멘탈에 물렁물렁한 마음으로 사람에게 상처를 받으면서도 결국 사람을 통한 구원을 찾았다. 사람을 사랑했기 때문에 그들에게 기대하고 실망하기를 반복했다. 내가 진심으로 상대를 대하면 상대도 나를 진심으로 대해줄 것이라고 믿었나 보다.

하지만 통하지 않는 진심도 있기 마련이다. 나의 마음과 그들의 마음이 같지 않을 수 있다는 것도 여러 사람들을 겪으며 알게 됐다. 혼자 기대하고 실망하고 상처받기를 여러 번, 내 마음에는 여러 겹의 벽이 자리 잡았고 사람을 방어적으로 대하게 됐다.

사실 난 단단한 사람이고 싶었다. 내가 단단한 사람이 되면, 외로움을 타지 않게 되면, 혼자여도 괜찮은 사람이 되면, 사람에게 상처받지 않을 거라고 생각했던 것 같다. 그런데 단단한 사람이라는 거, 대체 어떤 사람인 걸까. 어딘가에서 보고 들었던 그 단단한 사람이라는 말이 뇌리에 박혀 그 단단한 사람이 무엇인지도 모른 채 그저 단단한 사람이 되고 싶다고 외치고 다녔다.

돌이켜 생각하니, 그 단단한 사람이라는 거 외유내강을 의미했던 것 같다. 뚜렷한 주관을 가진 사람, 그 주관을 바탕으로 자신만의 길을 갈 수 있는 사람. 다른 사람들이 내게 주는 영향을 컨트롤할 수 있는 사람.

나는 내가 어떤 사람인지 잘 알고 싶다. 그만큼 스스로에 대해 생각하는 시간을 많이 가진다. 내가 가지고 있는 매력적인 점, 고쳤으면 하는 점, 남들에겐 있지만 나에게는 없는 것이나 혹은 그 반대의 것도 생각한다. 내가 잃어버린 모습에 대해서도. 사람을 편견 없이 대하던 나의 모습이 떠오르고 순수하게 순간을 즐길 줄 알았던 내가 떠오른다. 잃기 싫은 모습도 떠올려 본다. 감정에 솔직한 나, 표현을 하고 살아야 직성이 풀리는 내가 있다. 거짓말은 잘하지 못하고 표정에 감정이 모두 드러나서 숨기는 법이 없다. 내가 좋아했던 것들이 생각나고 예전과 같지 않은 그 마음도 되새기며 내가 그만큼 달라졌음을 확인한다. 예전에는 이렇게 변해 가는 내 모습이 두렵고 싫었는데 이젠 그것도 좋다. 앞으로는 얼마나 더 좋은 모습으로 변하게 될지 기대된다.

구멍이 생겼다

마음속에 구멍이 생겼다. 그 구멍을 메우기 위한 다양한 시도를 하고 있는 요즘이다. 하루는 친구를 만나고, 또 하루는 카페에서 혼자 가서 자소서를 썼다. 다음 날에는 친구를 또 만나고 헬스장에 가고 예전에 좋아했던 드라마를 다시 봤다. 이미 다섯 번도 넘게 본 드라마지만 익숙한 장면, 익숙한 대사, 그리고 배우들의 연기가 마음을 차분하게 해 줬다. 그리고 결국에는 찾아오는 해피엔딩이 나를 편안하게 해 준다.

무언가에 대해 깊게 생각하는 것이 싫어서 줄곧 피해 다녔다. 마음속 구멍을 마주하는 일이 두려웠나 보다. 자기 전에 생각이 많아지는 것을 피하기 위해 유튜브 영상을 틀어 놓고 자고, 눈이 아플 정도로 피곤할 때까지 릴스를 보고, 글 쓰는 일은 자꾸만 뒤로 미루고 쉽고 빠른 도파민을 위해 소개팅을 하는 것도 모두 그 구멍을 피하기 위함이라는 걸 알았다. 마음속 그 구멍에 대해 생각하는 일이 싫어 자꾸만 도망 다니는 요즘이다.

그 구멍을 제대로 마주한 것은 어제 새벽의 일이었다. 자고 싶은데 잠이 오지 않았고, 불을 끄고 눈을 감고 침대에 누웠더니 그 텅 빈 구멍이 보였다. 그 구멍은 잊고 있던 미래에 대한 불안감과 존재론적인 외로움이 똘똘 뭉쳐 나로 하여금 헛헛한 마음을 느끼게 했다.

마음속 구멍은 생각하면 할수록 커지고 있다. 마치 싱크홀 같아.

터어어엉 비어 있다.

마음이.

충분히 깨우쳤다고 생각했는데. 아직도 멀었나 보다. 마음속 구멍은 메우고 메워도 다시 생겼다. 내가 나에게 맛있는 것을 먹이고, 좋은 친구들과 좋은 대화를 하고, 재있고 즐거운 것들을 잔뜩 보여 줘도 돌아서면 다시 그 구멍이 있다.

내가 나를 책임지게 될 날이 올 텐데.

내가 내 돈을 벌어 나를 먹여 살릴 일이 머지 않았는데.

나는 무슨 일을 하고 싶은 걸까. 어떻게 살고 싶은 걸까. 어떤 사람이 되고 싶은 걸까. 나를 원하는 곳이 있을까. 다들 이렇게 사는 걸까. 다들 나와 같을까. 나만 이런 걸까. 텅 빈 우주 속에 혼자 있는 것 같아.

의미 없는 물음표들이 구멍을 가득 채우고 있다. 고민한다고 해결되는 것도 아니고 이렇게 글을 쓴다고 해서 나아지는 것도 없지만 기록하는 것을 멈추지 않는다. 이런 날도 있고 저런 날도 있는 거니까. 오늘은 이런 글을 썼지만 내일은 또 다른 글을 쓸 것이다. 그리고 모레는 또 다른 글을 쓰겠지.

그런 글이 모이고 또 모여 책이 만들어지는 것이다. 내 인생도 마찬가지겠지.

표현하고 사는 게 적성에 맞다

난 좀 그렇다.

어떤 말을 하고 싶으면 그 말은 꼭 해야 한다. 입이 근질근질해져서 비밀 같은 건 못 만들고 거짓말하면 얼굴에 티가 난다. 고마운 것도 미안한 것도 꼭 말로 표현해야 한다. 나랑 잘 지내 줘서 고맙다는 말. 내 미운 점들을 잘 견뎌 줘서 고맙다는 말. 맘 속에 탁 걸리는 점이 있다면 그것 역시도 말로 해야 한다. 미안하다고 내 마음은 그게 아니었다고. 미안함은 보통 멀어진 사람에게 느끼는 것이라 바로잡기 쉽지 않은 요즘이다.

그래서 자꾸 생각나는 건가. 미안한 사람들이. 표현하고 싶은데 할 수 없어서.

늘 생각이 많은 탓에 잠에 쉽게 들지 않는다. 그럴 때면 일기를 쓴다. 일기장에는 혼자만 보고 싶은 마음을 기록하고 블로그에는 누군가 읽어 주길 바라는 마음을 기록한다. 외로움은 누군가 내 곁에 있지 않아서 생기는 것이 아니라, 나와 같은 마음이 없다는 사실 때문에 생긴다는 말을 들은 적이 있다. 그래서 나는 외로워지면 블로그에 글을 쓴다. 누군가 나와 같은 마음을 가지고 있길 바라면서.

출판사와 계약을 성사시키고 본격적인 글쓰기를 시작하면서 알게 된 것들이 있다. 내가 생각보다 글을 쓰는 일을 좋아한다는 것이다. 글로 내 마음을 표현하는 것이 좋다. 단어를 고르고 문장을 완성하며 흐리멍텅한 내 머릿속 생각을 정리하는 것이다.

생각이 너무 많아서 잠에 들지 못할 때, 언제 마지막으로 글을 썼는지 되돌아본다. 아. 며칠간 잠을 자지 못했던 이유가 그거구나. 또 생각이 많아졌는데 어디에도 털어놓지 않아서, 결국 글을 쓰지 않아서 생각이 복잡한 거였다. 좋은 생각도 나쁜 생각도 나에겐 다 재료이다. 그러니까 난 계속해서 글을 써야 한다. 나를 표현하는 가장 좋은 수단을 계속 이어 가겠다.

나는 계속 표현해야 한다. 내 마음을. 내 생각을.

대학 졸업

한평생을 밝고 쾌활하게 살아왔던 내가 처음으로 사회생활을 시작한 대학교.

오늘 나는 그 대학교를 졸업했다.

나는 내가 어떤 사람인지 잘 알지 못했고 새로운 사람들을 무작정 좋아했다. 그때문에 상처를 주기도 하고 받기도 했고 그 과정을 반복하고 또 반복하면서 점점 내가 어떤 사람인지 알게 됐다. 나라는 사람은 남에게 맞추는 걸 선호해서 상대가 불이면 나도 불이 되고 물이면 나도 물이 됐다. 줏대도 없고 귀도 얇아서 호되게 당한 적도 많았다.

어느새 이렇게 커서 싫은 건 싫고 좋은 건 좋다고 표현하며 살아가고 있다. 진짜 아닌 사람은 아니라고 생각하고 선을 그을 수 있다. 아니라고 생각했는데 또다시 친구할 수도 있는 거고 내가 마냥 싫었는데 또 좋아지기도 하더라. 알 수가 없는 게 사람 마음이니까, 극단적으로 굴지 말자(고 배웠는데 잘 되지 않는다).

좋아하는 일을 하며 살아가고 싶었는데 그럴 필요가 있나 싶고 그럼 무슨 일을 해야 하지 했는데 그냥 지금 내가 할 수 있는 일을 하면 되겠다고 결론 냈다. 내가 사람들에게 어떤 사람으로 보여지는지 많이 신경 쓰던 때도 있었는데 이젠 신경 안 쓰려고 한다. 나는 나대로 살 거고 그걸 어떻게 보는지는 그 사람 마음이니까. 그 사람 마음은 내가 컨트롤 할 수 있는 게 아니다. 그 판단은 상대의 마음이니까. 냅 둬! 어쩔티비! 알빠노 알아서 판단해! 내가 싫어? 니 손해야 나랑 친구 안 하는 게 니 손해야! 그렇게 생각하기로 했다. 마음이 하루에도 수십 번씩 바뀌는 날들이 있었지만 그게 결국엔 다 내 모습임을 인정했다. 그 모든 게 내 마음이고 내가 안고 갈 이야기들이다. 그저 기록하고 기록하면서 나를 쌓아 가면 된다.

나를 알게 됐다. 대학 4년을 다니며. 나를 아는 좋은 사람들도 많이 생겼다. 그것에 감사한다. 좋은 기억도 아픈 기억도 모두 있지만 좋은 것만 가져가기로 했다. 아픈 기억에선 충분히 배웠으니까 괜찮아 괜찮아. 나는 또 이렇게 크겠지! 사람들과 영향을 주고받으면서 그 안에서 자꾸 큰다. 앞으로 또 얼마나 커지려나!

내 마음을 나도 모르겠을 때

그런 날이 있다. 마음이 싱숭생숭하고 생각은 많은데 정리가 되지 않지만 해야 할 일은 많아서 꾸역꾸역 하루를 버텨 내는 날들. 정신없이 하루하루를 보내는데 미뤄둔 잡생각들로 인해 잠이 오지 않는 그런 날들.

내 마음은 무엇인지, 내가 원하는 것이 있는지 아무리 생각해 봐도 전혀 모르겠는 이상한 날이 있다.

그런 날을 이겨 낼 수 있는 가장 쉬운 방법이 있다. 바로 일기를 쓰는 것이다. 일기를 매일, 꾸준히 그리고 솔직하게 써 내려간다. 내가 처음 일기를 쓴 것은 중학교 1학년 때의 일이었다. 그때 당시 내가 쓰던 일기는 날것의 감정으로 가득했다. 복잡한 친구 관계, 공부나 진로에 관한 고민이 적혀 있다.

다시 일기를 열심히 시작한 것은 2020년, 코로나가 터진 이후였다. 코로나블루와 대2병을 함께 겪은 나는 조금만 울적해지면 일기를 썼다. 내가 그때 쓴 일기는 다음과 같다.

[2020년 4월 19일]

오랜만에 글을 써 보자. 어차피 잠도 오지 않고 망해 버린 수면 패턴을 고쳐야 하는데 딱히 할 것도 없으니까. 나는 글을 쓰는 것이 정말 좋다. 물론 평소에는 귀찮다. 그래도 글은 한번 쓰기 시작하면 그 순간만큼은 내가 온전히 나에게 집중할 수 있게 돼서 좋다. 요즘 내가 느끼는 건… 그냥 내가 잘 살고 있는지 모르겠다는 것. 내가 잘하고 있는지도 모르겠다. 인간관계, 가족, 진로… 뭐 그냥 맞는 건지 모르겠다. 뭐 이렇게 복잡하게 생각하지… 이런 생각도 들고 약간 전체적으로 지친다. 이제 떨 미련도 없어서… 괜찮은 거 같다가도 약간은 휘둘리는 내 모습을 볼 때 조금은 한심하게 느껴진다 내 스스로.

[2020년 7월 27일]

인생에 있어 전반적으로 많은 권태를 느끼고 있는 요즘이다. 다신 볼 일 없이 넷상으로 이루어진 내 인간관계들과 '얼굴 까먹겠다. 얼른 보자' 해서 만나면 할 말이 없어 뻘쭘한 사람들. 한때는 온 마음을 다 주면서 아끼던 관계 등 전부 싫다. 한마디로 말하면 나는 사람들이 너무 싫다. 왜 이렇게 된 건지 모르겠다. 그냥 싫어. 다 싫어.

[2020년 9월 24일]

진짜 자려고 했는데 순간 눈이 떠졌다. 그리고 오랜만에 일기가 쓰고 싶어졌다. 나는 언제 어른이 될까. 언제쯤 정말 성숙하고 단단한 사람이 될 수 있을까. 무엇을 하든지 간에 쉽게 휘둘리지 않는 사람이고 싶다. 남의 말에 쉽게 현혹되지 않았으면 좋겠고 스스로의 줏대가 생겼으면. 아직도 내가 갈 방향과 의미를 찾지 못했다.

(중략)

내 미래의 방향과 의미를 찾는 일은 쉽지 않겠지만 결국 그것도 최선을 다하면 언젠가 답이 나오지 않을까. 여전히 나는 미래

보다는 눈 앞에 닥친 사소한 문제들에 불필요한 신경을 쓰곤 한다. 점점 줄여 나가야지.

이 무렵 내가 쓰는 일기는 지금 당장 하고 있는 생각들을 최대한 솔직하게 적어 내려가다가 결국에는 좋은 결론을 내리는 방향으로 흘러갔다. 일기를 쓰며, 내가 느끼는 감정에 정의를 내리고 내가 느끼는 감정을 똑바로 마주 보려고 애를 썼다. 지금 당장 해결되지 않는다고 해도, 그 실체를 파악하고 싶었던 것 같다. 일기가 내 우울한 감정들을 해결해 주진 못했지만, 그 기록이 쌓이고 쌓여 나를 돌아보게 만들어 줬다.

내 마음을 나도 모르겠는 그런 날에는 일기를 쓴다. 내가 하는 생각들을 날것으로 적어 내려간다. 그러다 보면 내가 마주하고 있는 감정의 실체가 보인다. 그리고 내가 느끼는 감정을 모르고 있던 것이 아니라 실은 모르는 척하고 있었다는 것을 알게 된다. 마주하는 것이 때로는 괴롭기 때문에.

그럼에도 불구하고 나는 나를 돌아봐야 한다. 나를 제일 잘 아는 것은 결국 나이기 때문에. 나를 챙기는 법을 제일 잘 아는 것도 나다.

도파민 붕어

심심한 친구 넷이 모여 밤마다 디스코드로 통화를 하고 있다. 처음에는 같이 게임을 하기 위해 모였으나, 하라는 게임은 안 하고 영양가 없는 잡담이나 하고 있는 것이다. 하루는 누군가의 연애상담을, 하루는 누군가의 소개팅 썰을, 하루는 누군가의 한탄을 들으며 잠은 오지 않지만 어쩐지 심심한 밤을 지새우고 있다. 하고 싶은 말이 너무 많아서 오디오가 쉴 틈 없이 채워질 때도 있고 적막이 흐르기도 한다.

"재밌는 얘기해 줘."

적막을 깨뜨리고자 던지는 말이다.

나의 이 발언에는 두 가지 마음이 숨어 있다. 우리의 연속적인 아무 말 대화가 끝나지 않도록 재밌는 이야깃거리를 던져 주길 바라는 마음과 진심으로 '재미'가 있는 이야기가 듣고 싶은 마음.

재밌는 이야기.

근래에 나는 자꾸만 재밌는 이야기를 찾기 시작했다. 반복되는 하루, 변함이 없는 일상이 만족스럽지 못했던 것이다. 얼마전 했던 소개팅 역시 재밌는 이야기를 만들겠다는 사악한 의도가 숨어 있었다. (실제로 그 소개팅은 재밌는 이야기가 되어 내 주변 친구들에게 도파민을 선사했고 친구들을 웃길 수 있어서 기뻤다. 실패한 소개팅이 되었지만)

나는 왜 이렇게까지 재밌는 이야기를 찾아다니는 걸까. 릴스나 숏츠 같은 숏폼으로 중독된 내 뇌는 이제 도파민 없이 하루도 견딜 수 없게 되었나. 아무 알림이 뜨지 않아도 10분마다 한번씩 핸드폰을 확인한다. 아니 사실은 5분, 3분마다 쳐다보고 있다. 카톡 알림도, 인스타 알림도, 문자도 전화도 오지 않았는데 자꾸만 핸드폰을 들여다본다. 오지도 않을 연락을 기다리고 보고 싶은 영상도 없으면서 자꾸만 스크롤을 자꾸 내린다.

그런 내게 진명이 말한다.

"혼자서도 재밌을 줄 알아야지. 남이 그걸 채워 줄 수 있을 거라고 생각하지 마."

나는 그냥 통화가 끊기지 않길 바랐던 건데. 아니지 사실은 진짜 재밌는 이야기가 듣고 싶었어. 아니. 더 정확하게는 재밌게 대화할 수 있는 이야깃거리를 원했다. 심심하니까. 계속 통화하고 싶었으니까. 진명은 말을 계속 이어 간다.

"도파민만 쫓아다니는 붕어 새끼마냥 뭐 하는 거야. 한심하게. 평생 그렇게 살어."

그의 말이 자존심 강한 나를 자극한다.

"응. 알았어. 평생 이렇게 살게." 진명은 더 세게 말한다. "진짜 불쌍하다." 나는 그에 지지 않고 "어. 나 불쌍해! 나도 알아."

자강두바. 자존심 강한 두 바보의 대결이 끝나고 혼자

씩씩대다 화를 가라앉히고 다시 디스코드에 접속했다. 화가 난 것은 사실이지만 이렇게 찜찜하게 마무리 짓고 싶었던 것은 아니었으니까. 진명과는 표면적인 화해 아닌 화해를 나눴지만 짜증난 마음이 가라앉지는 않았다.

도파민 붕어. 처음 이 말을 들었을 때는 화가 났지만 시간이 지날수록 그 말을 곱씹어 생각하게 됐다. 입에 착착 달라붙는다. 이제는 웃기기까지 해. 나는 그 말에 왜 이렇게까지 긁혔던 걸까. 그날은 진심으로 화가 나서 진명이를 다시는 보지 말아야겠다는 생각까지 했는데 돌이켜 보니 지금은 웃기기만 하다.

왜 화가 났을까….

도파민 붕어.

도파민 붕어.

도파민 붕어.

알았다.

나 사실은 그 말에 찔렸나 봐. 사실 내가 진짜로 도파민 붕어라서.

들켜서, 부끄러워서, 화가 났어.

제대로 된 목표 하나 없이, 혹은 꿈 없이 하루하루를 똑같이 살고 있는데, 정면으로 부딪치기 무서우니까.

순간적인 재미만 찾고 있는 내가 정말로 도파민 붕어라서. 그걸 들킨 게 부끄러웠나 봐. 취준생이 뭐 별거라고. 주변의 격려와 응원에도 낭비하고 있는 시간들이 아까운 거다. 그걸 알면서도, 자꾸만 재밌는 것을 찾는 내가 싫었던 거다. 도파민 붕어처럼.

도파민 붕어….

후에 진명과 다시 이야기했을 때, 그는 내게 사과했다. 사실은 본인도 도파민 붕어라며, 그땐 말이 너무 심했다는 이야기. 근데 진명. 나 도파민 붕어 마음에 들었어. 덕분에 알았잖아. 내가 도파민 붕어인 거.

종종 떠올려야겠다. 더 많은 시간을 낭비하지 않기 위해서, 도파민 말고 다른 걸로 내 시간을 채우고 싶으니까.

나는 거짓말을 잘 못한다

못하는 건지 하고 싶지 않은 건지 모르겠지만 거짓말이 그냥 싫다. 거짓말을 할 바에는 그냥 아무런 말을 하고 싶지 않다. 사실은 빈말이 싫은 것 같다. 대화를 위한 대화는 기 빨린다. 하지만 초면인 사람들과 어떻게 처음부터 진심을 보여 주는 대화를 할 수 있을까. 어려운 거 알고 있다. 하지만 그럼에도 불구하고, 그게 되는 사람들이 있다. 사실 그게 되는 사람이 있는 것이 아니라, 그게 되는 '사이'가 있다고 말하는 게 더 정확한 것 같다.

가볍게 주고받는 대화를 통해 서로가 어떤 사람인지 드러내고, 그런 서로의 모습을 인정해 주는 것이다. 나는 그런 사람들에게 매력을 느낀다. 내가 그런 사람이라서 그런가? 나는 솔직한 사람이 좋다. 거창한 걸 바라는 것이 아니라 그냥 본인이 어떤 사람인지 보여 줬으면 좋겠다. 대화를 통해 은연중에 드러나는 상대의 마음과 생각이 궁금하다. 그 사람의 세계가 궁금해. 내가 드러내는 만큼 상대도 내게 보여 줬으면 하는 것이다. 그런 사람과는 대화도 잘 통하고 그 관계도 오래간다. 그 진실함이 주는 편안함이 좋다. 반면에 상대가 나에게 진실하지 않은 게 느껴지면 불편해진다. 그리고 대부분의 불편한 관계도 끝이 난다. 그냥 솔직하게 대해 주면 안 되는 걸까? 나는 나한테 진심인 사람에게 진짜 잘해 줄 자신이 있는데.

솔직하게 사람을 대하는 것에 대해 친구인 송주와 이야기한 적이 있다. 솔직한 사람이 좋다는 이야기를 털어놓으니, 그로부터 솔직한 태도로 사람을 대하는 건 누군가에게는 어려운 일이라는 이야기를 들었다. 한평생을 솔직하게 살아왔기 때문인 걸까. 그 말에 적잖이 충격을 받았던 기억이 있다. 하지만 생각해 보니, 솔직함의 기준이 사람마다 다른 것 같았다. 하지만 뭐, 사실 (내 기준에 솔직하지 않았던, 그래서 내가 불편했고 멀어질 수밖에 없었던) 그 사람들은 그만큼 나와 맞지 않았던 것이다.

그뿐이다.

생각이 깊어지면 머리가 또 복잡해지니까 여기서 생각을 멈추기로 했다.

나는 정말 별거 아닌 걸로 행복해지는 것 같다

어젠 친구 주원을 만나 저녁을 먹고 가볍게 광화문 일대를 산책했다. 주원을 만나면 진짜 재밌는 얘길 많이 한다. 세상엔 절대 선악이 존재하는가, 좋아하는 영화, 미래, 우주, 불안, 인간관계, 세상 돌아가는 얘기, 기후위기, 연애… 답은 없지만 주절주절 말하기 좋은 주제들로 쉴 새 없이 떠들며 걸었다. 날씨는 후덥지근했지만 바람은 불었고 햇빛도 잘 들어왔다. 밥도 맛있었고 산책하면서 강아지, 고양이도 보고 그냥 뭐 특별한 건 없었는데 재밌게 얘기하고 날씨 좋고 사소하게 재밌는 하루. 그런 하루를 보냈다.

생각해 보면 내가 행복을 느끼는 순간은 이렇게나 사소하다. 사소한 순간들이 모여, 행복을 느끼게 만들어 준다. 하루는 내 인생이 너무나도 마음에 들어서 나를 행복하게 만들어 주는 순간들을 모아 리스트업 해 봤다.

1. 일단은 운동이 재밌다.

상체도 하체도 즐겁게 하는 편이다. 운동을 갈 수 있는 날은 꼭 가려고 노력한다. 바벨 스쿼트가 좀 무섭고 버겁지만 막상 하면 재밌다. 내가 제일 좋아하는 건 역시 데드리프트인데 자세를 잡는 법을 정확히 익혀서 피티 쌤에게 매번 칭찬을 받는다. 칭찬에 약한 것이다 사실은. 칭찬 받으니까 잘하고 싶고 그만큼 신경 쓰니까 더 잘하게 되는 것. 피티쌤에게 요즘 운동이 너무 재밌다고 했더니 잘해서 그런 거라는 이야기를 들었다. 잘해서 그런 거구나. 나 운동을 잘하게 됐어. 꾸준히 하면 결국엔 잘하게 되는 거구나. 재밌다.

2. 소소하지만 독서라는 취미를 키워 가고 있다.

지적허영심이 있는 편이라, 책을 읽고 나면… 훗 나는 책 읽는 여자. 하면서 거기에 취하곤 한다. 의미 없이 시간을 보내는 것보다 책을 읽는 것이 낫다. 책에 손이 잘 안 가서 문제지만 예전보다는 책을 많이 읽으려고 노력하고 있다. 확실히 책을 읽으면 내가 더 커지는 기분이 든다. 생각이 자꾸 커진다. 그 느낌이 좋아 책을 더 읽으려고 한다. 궁극적으로 책을 통해 깨달음을 얻고 싶은 게 가장 큰 것 같다. 인생을 어떻게 살아가면 좋을지에 대한 답을 찾고 싶으니까.

3. 친구들이 너무 좋다.

주변에 좋은 사람밖에 없다. 친구들이랑 시시덕거리는 게 재밌다. 오늘도 윤선이랑 하루 종일 카톡하면서 뇌 터지게 웃음. 코드가 왤케 잘 맞지. 하 진짜 좋아 재밌어 웃긴 친구 너무 좋아. 진지할 땐 또 진지하게 얘기할 수 있어서 좋다. 그냥 정말 주변에 괜찮은 사람밖에 없다. 그런 사람들을 친구로 사귄 나도 참 대단함. 하하하하.

4. 글 쓰는 게 너무 재밌다.

카페 가서 반나절 내내 글을 쓰고 노래를 듣고 내가 내 글을 다시 읽고 고쳐 쓰고 고쳐 쓰고 그게 재밌다. 한편으론 누가 내 글을 읽을까 싶지만 일단 나에겐 2,000명의 이웃이 있지 않은가? 그걸로 어느 정도 증명됐다고(?) 본다. 아닐지도(?). 사실 아니어도 된다. 내가 지금 재밌으니까 그걸로 됐다. 난 글 쓰는 게 좋다. 아무도 내 글을 안 읽게 된다고 해도 내가 내 글이 좋으니까 괜찮아.

5. 인생의 중심이 잡혔다.

나만의 기준이 생기고 그걸 기반으로 살기로 했다. 그거면 됐다. 또 흔들리겠지. 분명히. 근데 또다시 일어나면 돼. 내가 제일 잘하는 건 무너졌다가 다시 일어나는 거다. 그만큼 회복탄력성이 좋다. 그런 내가 참 좋다. 글을 쓸수록 자기애가 너무 강하다는 게 확 느껴진다. 스스로도 왜 이러나 싶지만, 이게 내 솔직한 마음이다. 행복해. 그거면 된 거야.

행복한 나를 만들어 주는 것은 특별한 사건이 아니라 사소하지만 꾸준한 습관들을 통해 내가 나를 만들어 가고 있기 때문이라는 것을 알았다. 별거 아닌 사소한 행복이 모여 지금 내 모습을 만들어 줬다. 그럼 난 앞으로도 꾸준히 별거 아닌 행복들을 지켜 나가야지.

내가 어떤 사람인지 헷갈려

타인으로부터 털털하다, 솔직하다, 직설적이라는 이야기를 자주 들었다. 최근 나갔던 소개팅에서는 '이런 캐릭터 처음 본다'는 이야기까지 듣고 왔다. 누군가는 나의 말로 상처를 받은 적도 있었다고 했다. 또 다른 이는 나보고 못 본 사이 왜 이렇게 다정해졌냐고 했다.

나는 늘 똑같이 행동하는데 누군가는 나로 인해 상처받고, 또 누군가는 감동한다. 해가 갈수록, 내가 어떤 사람인지 헷갈리는 일이 많아졌다. 어쩌면 내 속에 내가 너무 많기 때문인 걸지도 모른다. 어떤 날은 내가 마음에 들었다가 어떤 날은 내가 싫다. 어떤 날은 하고 싶은 게 되게 많은데 어떤 날은 하고 싶은 게 하나도 없다. 타인이 부럽기도 하고 내가 가진 것에 만족하고 감사하기도 하는 내가 반복되고 있다. 대체 내 속에 내가 몇 명이나 있는 건지 모르겠다. 그냥 내 성격대로 솔직하게 순간순간에 임하고 있음에도, 돌이켜 생각하면 후회할 일들이 또 생긴다. 내가 옳다고 생각했는데 그러지 않은 순간도 많다. 이 정도면 많이 컸다고 생각했는데 배워야 할 것이 또 산더미다.

나의 가장 큰 관심사는 '나'다.

내가 어떤 사람인지 정확하게 알고 싶으니까. 모든 문제의 답은 결국 '나'에게 있다는 걸 알고 있기에, 나는 나에게 관심을 준다. 나의 변화에 대해 예민하게 반응한다. 그렇기에, 나에게 직접적인 영향을 줄 수 있는 타인에 대해 깊이 생각하게 된다. 하지만 요즘에는 나라는 사람이 어떤 사람인지 알 수가 없어졌다.

그렇게 나는 나에 대해 계속 생각하는데도 자꾸만 헷갈린다.

내가 자꾸 변하고 있기 때문인 걸까? 그렇지만 이런 날도 있는 거겠지.

삐딱이

나는 말을 곱게 하는 법을 모르는 사람 같다. 말랑말랑하고 만만해 보이는 나를 감추기 위해 만들어 뒀던 '개싸가지 자아'가 완전한 내 성격으로 자리 잡았다.

인간관계에서 얽히고설킨 마음들로 상처받는 것을 반복하던 중, 새로운 자아가 생겼다. 이름은 삐딱이로 하겠다. 그는 하고 싶은 말은 꼭 해야 하며, 궁금한 것은 꼭 물어봐야 한다. 예쁘게 돌려서 할 수 있는 말을 꼭 있는 그대로 뱉어야 하고 빈말은 하지 못하며 매사에 불만이 가득하다.

하지만 그 삐딱이는 나를 지켜 줬다. 누구든 마음 깊은 곳에 들였던 나를 위해 마음속에 여러 겹의 벽을 세워 줬다. '삐딱이를 견딜 수 있는 자, 나의 친구가 되리라!' 처음에는 그 삐딱이가 좋았다. 그 누구도 나에게 상처 줄 수 없을 거라 생각했다. 삐딱이만 있다면. 나는 내가 원할 때면 언제든지 삐딱이가 될 수 있었다.

삐딱이와 함께한 지 4년, 내 페르소나에 불과했던 삐딱이는 어느새 내 성격으로 굳어졌다. 시니컬하고 차갑고 정 없는 삐딱이. 방어기제로 똘똘 뭉쳐 남에게 무례하게 구는 삐딱이. 이제는 삐딱이의 나쁜 점만 보인다. 내 삐딱이로 의도치 않게 상처받았을 다른 사람들이 생각난다. 예전에는 무례한 사람들에게서 나를 지키기 위해 존재했던 삐딱이가, 나와 가까운 사람들을 상처 주는 존재로 진화한 기분이 들 때가 있다. 가까운 사이일수록 잘해야 하는 거 알고 있지만, 삐딱이를 방패로, 날이 선 말투로 사람들을 대하는 날 마주하곤 한다.

그럴 때면 내가 참 미워진다. 취업 준비나 이별 같은 상황을 핑계로, 주변 사람들을 눈치 보게 만드는구나.

억지로 만들었던 삐딱이였는데, 아니면 내가 애초부터

삐딱이로 태어난 거였나.

나는 대체 누구로부터 나를 지키려고 했던 걸까.

혼자 잘 노는 법

나는 일주일에 다섯 번 이상은 친구를 만나는 파워 외향인이다. 하지만 약속이 없을 땐, 혼자서라도 밖에 나간다. 점심을 가볍게 먹고 밖으로 나간다. 노트북과 충전기를 챙겨 도서관에 자리를 잡고 할 일을 하나씩 끝낸다.

[오늘 할 일]

- A기업 자소서 작성
- 에세이 세 편 작성
- B기업 서류 작성

하기 싫어… 하기 싫어… 하기 싫어…. 세 번 정도 외치고 이어 간다. 해야 할 일이 동시다발적으로 생겼을 때, 내가 가장 먼저 처리하는 것은 마감일이 가장 많이 남은 일이다. 여유 있는 일을 먼저 끝내고, 마감일이 급하게 다가오는 것을 다음으로 처리한다. 일을 미루지 않고 효율적으로 처리하는 나만의 방식이다.

[오늘 할 일]

- ~~A기업 자소서 작성~~
- 에세이 ~~세 편~~ 두 편 작성
- B기업 서류 작성

슬슬 배가 고프다. 혼자 놀 때 좋은 점은 온전히 내가 먹고 싶은 음식을 먹을 수 있다는 것이다. 최근 다녀온 홍콩 여행에서 먹은 딤섬이 아른거린다. 마침, 주변에 딤섬 식당이 있네. 딤섬 먹으라는 계시인가 보다. 딤섬을 먹는다. 당연히 홍콩에서 먹은 딤섬을 따라가지 못하는 맛이지만 먹고 싶은 것을 먹었다는 만족감에 기분이 좋아졌다. 끝내지 못한 일을 마저 하기 위해 이번에는 카페로 간다. 글을 쓰고 또 쓴다. 글을 쓰다가 글이 지겨워지면 채용 공고를 본다. 갑자기 글이 쓰고 싶어진다. 다시 글을 쓴다. 내가 쓰는 이 글이 가치가 있는 글인가에 대한 의문이 든다. 그래도 쓴다. 좋아해 주는 누군가는 있을 거라고 생각하니까. 적어도 나는 내 글이 좋다. 오늘 쓰기로 마음먹었던 글을 다 썼다. 자리에서 일어나 집으로 향한다. 근데 저 옷 조금 예쁜데? 옷 가게로 향한다. 입어 본다. 생각보다 안 예쁘네. 다른 것도 입어 볼까. 하의와 상의를 각 한 벌씩 구매했다. 집 가는 길에 발견한 코인 노래방에서 노래도 불러 주고, 피시방에 들러 한두 시간 게임을 했다.

가끔은 이런 혼자만의 시간이 좋다. 먹고 싶은 것을 먹고, 카페에 가서 하고 싶은 걸 한다. 온전히 나에게 주어진 시간을 내가 원하는 만큼 쓸 수 있다. 온전한 나의 시간, 나의 하루. 혼자 잘 노는 것도 중요하다고 느낀 하루.

초여름 산책

산책하기 좋은 날씨가 오고 있다. 좋아하는 노래를 들으며 아무 생각 없이 걸을 수 있는 시간을 좋아한다. 특히, 한여름이 오기 전 느껴지는 시원한 밤공기가 좋다. 마음이 힘든 날에는 좋아하는 노래 하나를 반복 재생하며 걷고 또 걷는다. 목적지가 정해진 것도 아니고 방향을 알고 가는 것도 아니다. 그저 걸어 보는 것이다. 발길 닿는 곳으로 걷고 싶을 때까지.

싱숭생숭한 생각들은 사라지고 기분 좋은 바람과 귀에 맴도는 멜로디만 남는다. 머릿속에 아무것도 남지 않을 때까지 걸어 본다. 걷고 또 걸어. 복잡하던 마음과 나를 힘들게 하는 과거들은 어느새 사라지고 기분이 좋아진 지금의 나만 남았다.

좋다 좋아! 너무 좋아.

오늘 스캔한 필름 사진을 다시 본다. 필름 카메라를 들고 다니며 때때로 좋아하는 사람들의 사진을 찍었다. 사진을 보며 그들을 떠올리고 불어오는 시원한 바람을 느껴본다. 기분이 더 좋아진다. 내 세상은 내가 좋아하는 사람들로 이루어졌다. 내가 좋아하는 노래들로, 좋아하는 기억들로 가득 채워져 있다. 내가 좋아하는 여름이 다시 오고 있는 듯한 기분이 들었다. 여름보다 겨울을 좋아하는 나지만, 여름의 기억들은 두고두고 떠올리고 싶은 좋은 기억으로 남게 된다.

그게 여름이 주는 특별함이겠지.

3년 전, 이맘때 나는 누구보다 우울한 날을 보내고 있었다. 늘 잠이 부족했고 머리가 아팠다. 첫 인턴을 시작한 탓에 적응하지 못해서 그런 줄 알았는데 그런 것도 아니었다. 회사에 있어도 집에 있어도 편하지 않았다. 우울할 일도 없고 힘들게 하는 사람도 없다. 당시에는 안정적인 연애를 하고 있었고 가족들도 친구들도 날 응원해 주고 사랑받으며 살아가고 있는데 왜 우울할까.

그런 생각에 빠져, 집 근처 산책로를 배회했다. 걷고 또 걸었다. 하루는 그렇게 걷다가, 낚시하는 사람들을 마주쳤다. 사람들은 여기서 열심히 낚시한다. 그곳에 한참을 앉아서 그들을 구경했다. 하늘에 있는 새도 구경했고, 넘실넘실하는 한강 물도 구경하고, 해가 지는 모습도, 가로등 켜지는 것도, 지하철이 왔다리 갔다리 하는 것도, 바쁘게 차를 타고 움직이는 사람들, 걷는 사람들….

한참을 그렇게 앉아서 세상을 구경하다 보니, 모두가 제 역할에 충실히 임하고 있다는 사실을 알게 된다.

사람들도 새들도 참 열심히 살고 있다. 덩달아 나도 이렇게 우울해하고만 있을 수는 없다는 생각도 든다. 그렇게 한 시간 반 정도 아무 생각 없이 앉아 있었더니, 마음도 가라앉았다.

산책이 좋다. 걸으면서 정리되는 생각의 흐름이 좋다. 마음을 차분히 가라앉힐 수 있는 시간이 좋다. 내가 한 고민은 순간일 뿐이고 결국엔 옳은 방향으로 나아가고 있다는 확신을 하게 한다. 여름은 또 올 테니, 나는 또 걸어야겠다.

딸에게

엄마와 난 달라도 너무 달랐다. 표현하는 방법도 다르고, 사는 방식도 달랐다. 계획적이고 정리 정돈 잘하는 엄마와 달리 나는 되는 대로, 좋은 게 좋은 거라고 생각하며 살고 있다. 우리는 서로가 이해가 되지 않는다는 이유로 자주 싸웠다.

대학 입시를 치른 직후, 엄마와 크게 싸운 적이 있다. 예민한 상태에서 엄마가 해 주는 말들이 귀찮게 느껴져서 크게 성질을 냈다. 그런 내 마음을 풀어 주고자, 엄마는 내게 글을 한 편 써 줬다. 그 당시 엄마와 내가 다퉜던 이유를 명확히 기억하고 있지는 않지만, 그 글에 담긴 엄마의 마음만은 여전히 남아 있다. 아마 난 엄마의 글을 평생 담아 두고 살게 될 것이다.

젊은 날 외할머니는 배운 것도 없고 세련되지도 않은 사람이다. 힘든 일도 고분고분 열심히 순응하면서 산 옛날분이다. 시골에서 다른 집 아이들 논으로 밭으로 일 다 시켰지만 엄마 아버지는 농사일은 안 시키더라. 공부해라 숙제해라 소리도 안 하고 그렇다고 아이구 내 새끼 하면서 스킨십하며 키우지도 않았다. 그리고 잔소리도 손찌검도 없었다.

남한테 싫은 소리 안 하고 부당한 대우에도 묵묵히 사셨다. 지금도 뭐 사다 드리면 다른 사람 다 퍼 줘야 마음이 편한 사람이다.

스킨십하며 키우진 않았어도 자식들 마음 다치지 않게 다 받아들이며 사셨다. 나 역시 너나 세명이 마음 이해하려고 노력하며 산다. 더 노력해야 하는 것도 안다.

아등바등 내 것 따지며 살지 않았으면 좋겠다. 하나 주면 하나

받고 그리 살지 않았으면 좋겠다. 그래 봐야 그거 얼마 안 된다. 좀 더 마음의 여유를 가지고 살았으면 좋겠다.

남에게 싫은 소리 못하는 이유가 바보라서 그런 게 아니다. 따지고 싶지 않아서 그런 것도 아니다. 시간을 두고 지켜보면 결국 그때 잠깐 참으면 아무것도 아니기 때문이다. 참지 못하고 싫은 소리 했을 때 결국 불편해지는 내 마음 때문이다.

난 그렇더라. 싫은 소리 하고 나면 내가 불편하기 때문에 웬만한 건 참고 넘어가게 되더라. 결국 내 마음 편하게 하자고 하는 거다.

살면서 다양한 사람을 만날 거다. 이상한 사람 못된 사람 야비한 사람 이기적인 사람 아주 좋은 사람.

나하고 맞기도 하고 안 맞기도 하고 나랑 딱 맞는 사람은 없다. 어느 선에서 맞추기도 하고 도저히 안 되면 거리를 두게 되기도 하고. 그래도 너무 매정하게는 살지 말자.

돌아 돌아 누군가에게 나도 그럴 때도 있을 테고 내 행동이 싫은 사람도 있을 테니. 좀 더 넓은 마음으로 살길 바라본다.

마음 따뜻한 너이길….

오랜 마음의 부담을 갖고 시험을 다 치른 오늘인데 그동안 수고한 마음 다독일 틈도 없이 내가 싫은 소리를 했네. 고생했다는 말과 위로가 필요한 너인데 엄마가 너의 마음을 아프게 했나 보다.

미안하고, 내일부터 또 주어진 환경에서 노력할 것 하고 마무리하자.

네가 태어난 순간부터 언제나 사랑했고 네가 누구보다 마음 든든했었다.

네가 어떤 일을 하더라도 끝까지 믿고, 너의 앞날도 거침없이 뚫릴 거라 믿어.

거창하게 살지 않아도 너 자신을 사랑하며 소소하게 행복 느끼며 사는 너이길 바라.

오늘 미안하고 고맙고 사랑해 세정!!!

뻔한 말

온전한 나만의 시간을 원하는 동시에 혼자 있는 것을 두려워했다. 공허한 마음, 허전한 마음, 이 세상에 혼자가 남겨진 것 같은 마음이 새벽이면 몰려온다. 잠을 자면 되는데 그런 날은 이상하게도 쉽게 잠이 오지 않는다. 낮에 미뤄 뒀던 생각들이 하나둘 떠오르기 시작해 마음속에서 웅성거린다.

그런 마음을 회피하고 싶어서, 혼자가 아니라는 것을 확인받기 위해 약속을 잡고 있는 건지도 모르겠다. 나는 여전히 내가 어렵다. 무엇 하나 뚜렷하지 않은 이 시기가 적당히 좋으면서도 불안하고 혼자인 내가 좋지만 외롭기도 하다. 하지만 누구나 가지고 있는 이 작은 외로움이 당연한 것임을 알고 있기에 크게 동요하지 않을 뿐이다.

하지만 사실은 누군가 내게 답을 주기를 기대하고 있다. 내가 잘하고 있다는 확신을 받고 싶고 내가 내렸던 선택들이 옳았다는 말을 듣고 싶다. 나는 충분히 잘하고 있다고, 하던 대로 하다 보면 내가 원하는 그런 날이 올 거라고.

그런 마음 때문에 타로나 사주를 보곤 했다. 특히 타로를 보는 것은 내 오랜 습관 중 하나였다. 일희일비가 심한 나는 내가 내린 선택이, 내가 가고 있는 길이 무언가에 의해 보장받기를 바랐다. 그것이 단순히 나열된 카드 여러 장 중에 하나를 고르는 일이라고 해도 누군가 나의 인생에 대해 해 주는 말일 테니까.

물론 그들이 내게 해 주는 말은 일시적인 처방이다. 내 인생은 내가 만들어가야 하는 걸. 애초부터 정해진 것이 없으니까. 그냥 나를 믿는 것이 답이다. 이걸 알고 있지만, 정말 잘 아는데도 마음을 다 잡기가 어려워 혼란한 것이다. 이런 날도, 저런 날도 있는 거지.

다만 오늘은 그냥 확인받고 싶은 날인 거다. 잘하고 있다는 거, 확인받고 싶은 날. 그런 날은 다시 글을 쓰며 다짐한다.

흔들리지 마.
너 잘하고 있어.
너만의 속도로 가면 돼.
괜찮아.

뻔하디뻔한 말을 내가 나에게 해 준다. 그 말이 도움이 되기 때문이 아니다. 되뇌며, 다짐하기 위함이다.

나는 흔들리지 않을 거야.
나는 잘하고 있어.
나는 나만의 속도로 갈 거야.
나는 괜찮을 거야.

그렇게 헛헛하고 텅 빈 마음을 다짐으로 채우는 날도 있는 거다.

에필로그

나는 우울할 때만 글을 썼다. 하지만 글을 쓰는 습관을 12년째 이어 가면서 부정적인 생각의 방향을 긍정적으로 돌리는 법을 익혔다. 나의 모든 글은 그렇게 쓰여졌다. 부정적인 생각, 어쩌면 자기연민과 같은 글이 어떤 깨달음이나 긍정적인 생각들로 마무리된다. 글을 쓰면서 자연스럽게 답을 찾아냈다. 불안, 우울, 걱정이 가득한 머릿속을 비우기 위해 글을 쓰기 시작한 건데, 쓸수록 생각이 정리되고 감정이 가라앉으면서 진짜 '해결책'이 나온다. 어쩌면 스스로를 다독이기 위한 글일지도 모르겠다. 괜찮아. 괜찮아. 세상은 내가 생각했던 것만큼 차갑지 않았고, 내 곁엔 좋은 사람들이 늘 있어. 그러니 괜찮아. 힘든 것은 잠깐이야. 나는 이겨 낼 수 있어. 늘 그랬던 것처럼.

나는 이렇게 줄곧 나를 위한 글만 썼다. 나의 어지러운 마음과 시끄러운 속을 정리할 수 있는 글. 나의 고민을 나열하고 해결책을 찾아 이리저리 헤매는 글. 망한 사랑의 정답을 찾기도 하고 불안한 미래는 한탄하는 글을 썼다. 누군가는 내 글에 나타난 나의 솔직함이 좋다고 했다. 자기감정을 솔직하게 글로 담아낼 줄 아는 내가 멋있다고 했다. 자신도 느끼고 있던, 말로 표현할 수 없는 어떤 감정들을 잘 담아낸다고 했다. 그런 말이 듣기 좋아 계속 글을 쓰고 있나 보다. 그리고 이렇게 글을 통해 주고받는 마음이 너무 소중해서 계속 글이 쓰고 싶나 보다. 속이 시끄러운 채로 하루하루 살아가는 건 나뿐만이 아니었고, 그렇게 비슷한 사람들이 내 블로그나 인스타그램에 모여 서로의 마음을 들여다봐 주는 걸까. 그러니 나는 감사할 수밖에 없다. 자신의 시간을 내어 내 글을 읽어 주는 이들에게, 나에게 마음을 써주는 이들에게, 나에게 쓴소리하고 싶을 만큼 애정(애증일지도 모른다)을 주는 이들에게.

글을 쓰는 일을 어렵게 느낀 적은 없었다. 떠오르는 대로 휘갈길 뿐이다. 단어가 떠오르고 문장이 떠오르고 그 과정에서 내 생각이 정리된다. 하지만 최근에는 글을 더 잘 쓰고 싶다고 생각한다. 그래서 더 많이 쓰고, 더 많이 읽으려 한다. 내 글을 좋아해 주는 사람들에게 조금이라도 더 괜찮은 글을 주고 싶으니까. 그러니 난 앞으로도 글을 쓰겠다. 특별하지 않은 글이라도 괜찮으니까.

잘 살고 싶어서 그래

1판 1쇄 펴낸날 2024년 7월 28일

지은이 젬이

책만듦이 김미정

책꾸밈이 디자인나울

펴낸곳 채륜서 **펴낸이** 서채윤

신고 2011년 9월 5일(제2011-43호)

주소 서울시 광진구 자양로 214, 2층(구의동)

대표전화 02.465.4650 **팩스** 02.6442.9442

book@chaeryun.com www.chaeryun.com

ⓒ 젬이. 2024

ⓒ 채륜서. 2024. published in Korea

책값은 뒤표지에 있습니다.

ISBN 979-11-85401-82-9 03810

잘못된 책은 바꾸어 드립니다.

저작권자와 출판사의 허락 없이 본 책의 전부 또는 일부 내용을 사용할 수 없습니다.

저작권자와 합의하여 인지를 붙이지 않습니다.